転生したら皇帝でした

～生まれながらの皇帝はこの先生き残れるか～

5

魔石の硬さ
イラスト：柴乃櫂人

TOブックス

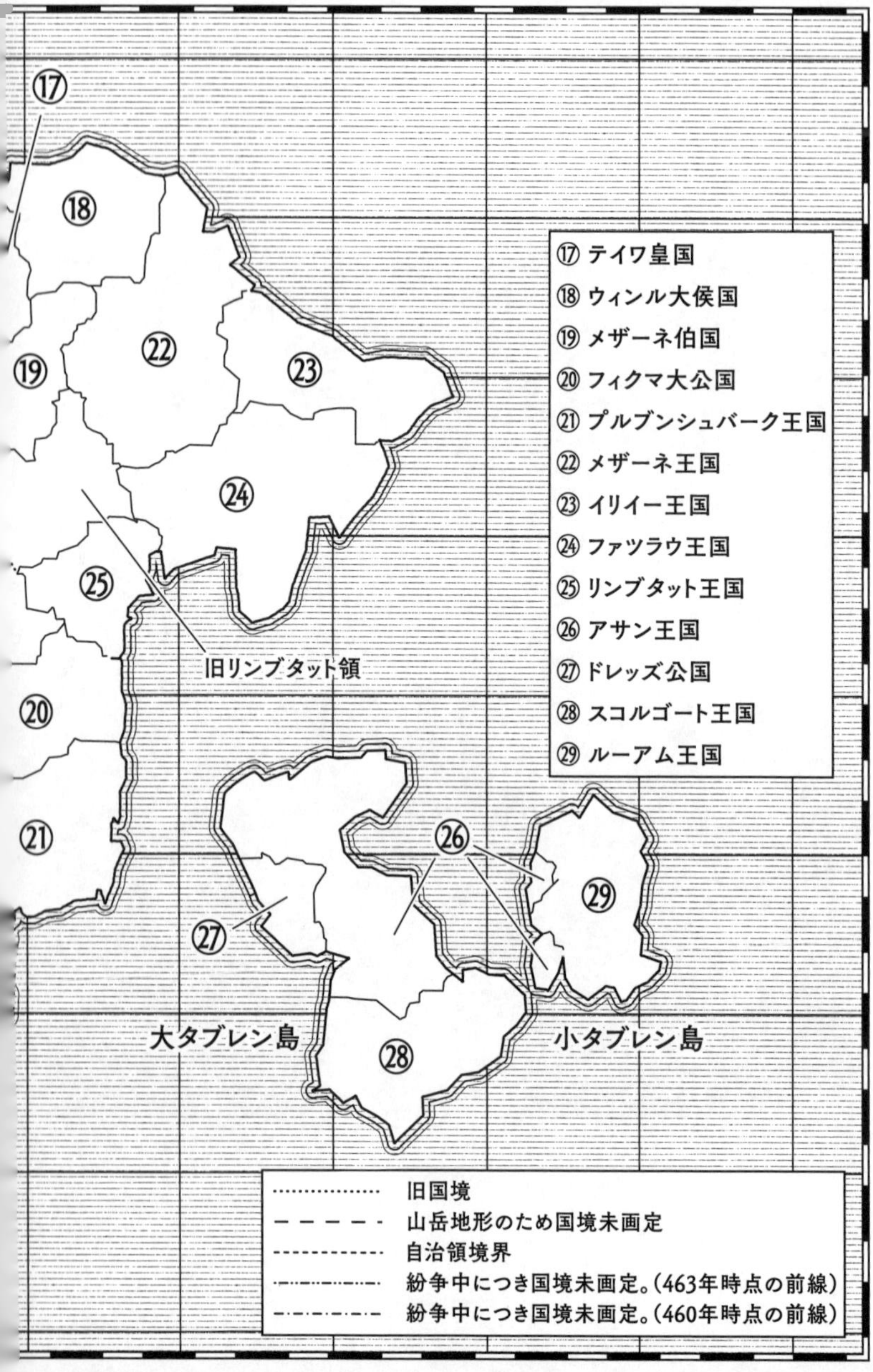

⑰
⑱
⑲
㉒
㉓
㉔
㉕
旧リンブタット領
⑳
㉑
㉖
㉗
㉘
㉙
大タブレン島
小タブレン島
⑰ テイワ皇国
⑱ ウィンル大侯国
⑲ メザーネ伯国
⑳ フィクマ大公国
㉑ プルブンシュバーク王国
㉒ メザーネ王国
㉓ イリイー王国
㉔ ファツラウ王国
㉕ リンブタット王国
㉖ アサン王国
㉗ ドレッズ公国
㉘ スコルゴート王国
㉙ ルーアム王国
旧国境
山岳地形のため国境未画定
自治領境界
紛争中につき国境未画定。(463年時点の前線)
紛争中につき国境未画定。(460年時点の前線)

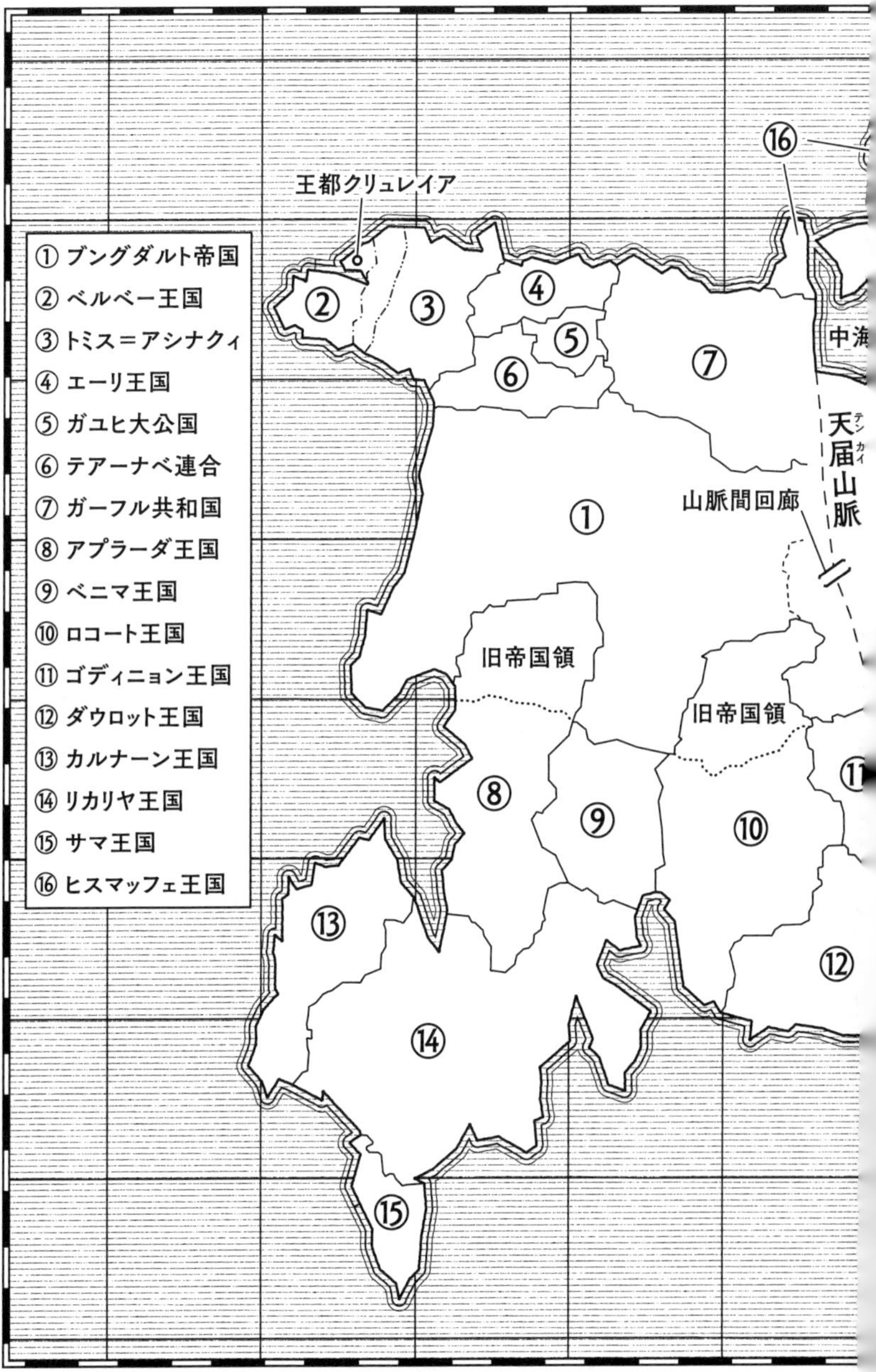

王都クリュレイア
① ブングダルト帝国
② ベルベー王国
③ トミス＝アシナクィ
④ エーリ王国
⑤ ガユヒ大公国
⑥ テアーナベ連合
⑦ ガーフル共和国
⑧ アプラーダ王国
⑨ ベニマ王国
⑩ ロコート王国
⑪ ゴディニョン王国
⑫ ダウロット王国
⑬ カルナーン王国
⑭ リカリヤ王国
⑮ サマ王国
⑯ ヒスマッフェ王国
中海
天《テン》届《カイ》山脈
山脈間回廊
旧帝国領
旧帝国領

第七章◇夢中回想編

第八章◇皇帝成人編

イラスト：柴乃櫂人　デザイン：Veia

登場人物

ブングダルト帝国

皇帝派

カーマイン

本作の主人公。暗殺待ったなしの傀儡皇帝に転生した。10年の時を経て、悪徳貴族を粛清し親政を開始した。

ロザリア

ベルベー王国第一王女で、カーマインの婚約者。カーマインの本性に気づくも、持ち前の知性で献身的に彼を支えている。

ヴォデッド宮中伯

帝国の密偵を束ねる「ロタールの守り人」。カーマインに協力するが、狂信的な部分もあり、警戒されている。

ティモナ

主人公の側仕人。初めは幼帝に対し警戒心を抱いていたが、ある日を境に「カーマイン信者」のように仕えている。

対立

バルタザール

近衛兵の数少ない戦力。かつての主人にカーマインを重ねて仕えている。

ワルン公

根っからの軍人で、元元帥。二大貴族粛清の切っ掛けを作った。

ダニエル

転生者を保護する老エルフ。転生者が君主となるのを淡々と待ち望んでいた。

摂政派

アキカール公

貿易による莫大な収益で娘を皇太子妃にして式部卿になった。即位式でカーマインに粛清された。

アクレシア

カーマインの母親で摂政。カーマインの演技に油断している。

ナディーヌ

ワルン公の娘。通称『茨公女』。カーマインにややきつく当たるが、本当は彼の身を案じている。

ヴェラ

チャムノ伯の娘。卓越した魔法の才能をもつ。

対立

宰相派

ラウル公

まるで自分が帝国の支配者かのように振舞う宰相。即位式でカーマインに粛清された。

対立

第七章　夢中回想編

プロローグ

新暦四六九年一〇月一一日　旧帝国領テアーナベ連合領内

俺は転生して何度目か分からない命の危機に瀕していた。

「すぐに周辺の兵を集めろ。それと、情報を知っている者全てに緘口令《かんこうれい》を敷け」

かつて帝国領内でありながら、俺が傀儡皇帝だった時期に独立を宣言したテアーナベ連合。五つの貴族領からなるこの反乱勢力に対し、帝国は皇帝自らが兵を率い、平定することで威光を示そうとした。

だが敵領の深くまで侵攻したところで、背後の帝国領にて複数の貴族が蜂起した。さらに様子見を決め込むと思われた隣国も参戦したことで、俺たちはたった今、敵中で囲まれようとしていた。

「陛下、ナン卿をお貸しいただいても？」

帝国の密偵長であるヴォデッド宮中伯は、俺の側仕人であるティモナを貸してほしいと願い出てきた。もともとティモナは密偵の訓練も受けている人間だからな、人手が一人でも欲しいということだろう。

「無論だ。状況が分からないことには手も打てぬからな」

よりによって、反乱の一報が入ったのは夜になってからだ。街灯などがないこの世界、夜はほとんど何も見えないほど暗く、あらゆる活動が制限される。まずは情報収集を急ぎ、守りを固める必要がある。

「バリー、近衛を招集し速やかに陣容を整えよ。本陣はこの館とする」

「はっ、直ちに」

不幸中の幸いというべきか、主だったメンバー《将校》は比較的落ち着いている。パニックはなんの得にもならないからな。

「それで、どう動く?」

俺と同じく、転生者であるレイジー・クロームの問いに、俺は肩をすくめた。

「まだ動けんな。敵がどう動くかも分からず、そして何より情報が足りない」

おそらくこの、反乱からガーフル共和国の介入までの一連の流れは、狙いすまされた一手だと思う。こっちは予想外の事態を前に、既に後手に回っている。

機先を制することが難しいなら、せめてこれ以上のミスはしたくない。

「宮中伯、状況整理にどのくらいかかる」

「これからですので、今はなんとも。ですが、少なくとも近くに敵はいないようです」

焦らずに安全確保からしてくれたか……さすがだな。となると、ここに夜襲がかけられることはなさそうか。

「ところで、最悪の場合はお前の魔法で帝都まで帰れるのか」

俺はそばにいるレイジー・クロームに尋ねる。この男はかつて、俺と戦った際に謎の魔法（おそらく空間魔法）で逃亡している。俺には使えない強力な魔法だ。

「皇帝一人だけならば……な」

言外にそれでいいのかと言われているようだ。まぁ、皇帝が自軍兵士見捨てて一人だけ逃げたとか、そりゃもう取り返しのつかないレベルの汚名になるな。

「それに、私はお嬢様を優先する」

皇帝より自分の主人を優先すると、堂々と宣言しやがる。まぁ、別にいいんだけどね。

「便利な魔法だな」

「そうでもない。色々と制約も多いからな……使うか？」

「まぁ、本当にどうしようもなくなったらな」

命は助かるが、皇帝としては名声が地に落ちるのでほぼ詰みだ。当然、使いたくない。

「さて、と」

北には撤退したテアーナベ連合の軍勢、東からはガーフル共和国の軍勢。南には反乱を起こした三つの伯爵領。そして西側は遅々として攻略が進んでいない。本当に、見事に囲まれてるな。

ここは信長の金ヶ崎の戦いよろしく、殿を味方に任せて撤退するべきか。けどなぁ、ここで撤退して追撃されると……無事に帝都までたどり着く保証もないんだよな。

昔から、一番損害が出るのは撤退戦だ。逃げながら戦うっていうのは、本当に難しい。特に、この時代の兵士は職業軍人などほとんどおらず、期間限定での契約ばかりで、その訓練内容だってまだまだ未成熟だ。戦いながら後退を繰り返すうちに、一人二人と逃げ出す……それが広がって潰走となるパターンはかなり多い。

そしてこの本隊が大損害を被った場合……間違いなく、「帝国は敗れた」とみられるだろう。その場合の市民の反応は……ダメだな。間違いなく、失望される。

俺たちは、シュラン丘陵で不利を覆して勝った……ということになっている。実際は、細かい部分まで見ていくとそうでもなかったりすると思うんだが、民衆に伝わるのは単純な戦力比だ。それも、伝言ゲームのように伝わっていくうちに話は盛られていく。実際の戦闘は民兵込みでも、敵兵数はこちらの二倍かそれに届かないくらいだったと思う。だが今では、市民たちの間で俺は三倍以上の敵を倒したことになっているらしい。

そして、「戦に強い皇帝」として期待されたところにこの敗北か。

期待というのは、された分だけ失望も大きくなる。手のひらなんて、簡単にひっくり返るからな。

……極力被害を抑え、できればなんらかの功績を挙げて帝都に凱旋する……これができれば少なくとも失望はされないか。ただ問題は、どうすればそれが達成できるかだ。

うーむ。情報が足りない現状では、これ以上悩んだって仕方ない気がしてきた。これはもういっそ、万全な体調で朝を迎えた方が良いな。

「……よし、いっそ寝よう」

「この状況で？」

そう驚くレイジー・クロームに、俺は頷く。

「そうだ。失望したか？」

「いや、その逆だ。今は少しでも体力の消耗を抑える、その判断は正しい……が、この状況で寝られる神経が凄い」

自分でも肝が太くなってきた自覚はある。割とよく危機《ピンチ》には陥ってるからな。

「別に眠れなくてもいいからな。横になって目をつむるだけでも休息になる」

それに、動揺していないわけじゃない。横になるついでに、一度じっくりと状況を整理したい。

なぜこうなってしまったのか、あるいはこの状況を打破するためのヒントはないか。


「だが側仕人も近衛長もいないぞ」

俺は近くにあったソファの上で寝転がり、レイジーに命令する。

「だからお前が寝ずの番な。何かあったら起こしてくれていいから」

「それはまた、随分と縁起が悪いな」

縁起？　どういう意味だ。

「いきなりなんの話だ」

「いや、寝ずの番はお通夜の時に故人の傍で起きている人間の事だろう……それも覚えていないか」

あぁ、そういうことか。言われてみれば、そういうものがあった気もする。

確かに、命の危機かもしれない時に、死を連想するような話は良くないのかもしれない。

「でもこっちにはその文化ないしなぁ。あと、俺はあまり縁起とかに縛られたくないし」

転生者が創始者である聖一教も、葬儀関連は元からこの世界にあった文化を基本としている。だからそういうところで日本らしさを感じることはほとんどない。

……そういえば、日本人の転生者の話しか聞いたことないが、日本人以外の転生者っていないんだろうか。もしそうだとしたら、そこにも何か理由があるんだろうか。

「それに、新参者に油断しすぎだ。もう少し私を警戒しろ」

「あーそれな」

俺は眠気に身をゆだね、まぶたを閉じる。ちゃんと眠れそうだ。

「記憶もないし、確かめようがないんだけどさ。初めて会った時から、なんかお前は信じられる気がするんだよなぁ」

無条件で他人を信用してはいけない。そう自分に言い聞かせてきた俺だが……それでも、思えば初めて会った時からこの男には不思議な信頼感があった。

だからもしかすると、俺たちは……前世では知り合いだったのかも……しれない。

平定作業

テアーナベ連合領で危機に陥る、ちょうど一年前。俺たちはラウル地方をひたすら行軍していた。

帝国の実質的な支配者だった宰相、両ラウル公と式部卿、アキカール公の権力争い……そして派閥争いは、即位の儀で俺が二人を討ったことで終結した。宰相と式部卿は、皇帝という新たな敵に対抗するために手を結び、反乱を起こしたのだ。

だが俺は、宰相の跡を継いだ一人息子、ジグムント・ドゥ・ヴァン＝ラウルをシュラン丘陵にて戦死させた。この結果、ラウル家は断絶し、その爵位の継承者は俺以外に存在しなくなった。作戦は成功したのである。

「その結果、ここまでラウル領のあらゆる都市が無条件で降伏している。そうなると思ってわざわざシュラン丘陵に誘い込んだのだから、当たり前なのだが……」

それにしたって、サクサクと占領作業が進みすぎている。あまりにも簡単だ。

「陛下は『兵の先頭に立ち突撃し、弱兵で二倍のラウル軍を打ち破った将』ですから！」

近衛大隊長のバルタザールが、嬉しそうにそう話す。降伏した都市では、そう噂されているらしい。

……うん、ハードル上がりすぎじゃないかな。俺の努力がほとんどカットされている。それだけ聞くとマジでヤバイ皇帝だな。

「宮中伯？　噂が独り歩きしている気がするのだが」

何か余計なことをしたのかと、隣で馬に乗るヴォデッド宮中伯に目を向ける。

「何もしていません……それだけ、あらゆる人間の想定を上回る、派手な勝利だったのでしょう」

シュラン丘陵の戦いから二週間、俺たちは既に下ラウル公爵領まで進軍していた。ここまで、反乱を起こしたラウル地方の平定は順調である。

ちなみに、奇襲される可能性や都市に籠城される可能性を考えて、それほど部隊は小分けにしていない。そのせいか、都市を取り囲めば即開城、それどころか軍隊が近づいただけで降伏していく。おかげで、ほとんど移動しっぱなしである。まぁ、シュラン丘陵でこちらもかなりの兵力を消耗したからなぁ。ありがたいと言えばありがたいか。

「ところで……シュラン丘陵から逃亡した兵たちの行方は？」

これは当たり前の話だが、シュラン丘陵で戦った敵兵の多くは敗走……つまり俺たちから逃げ切っている。その中には、ラウル僭称公が死んだ後も、まるで彼が「生きている」かのように戦わせた将もいる。まだまだ油断はできないはずだ。

「大半は地元に戻り、そこで我々に降伏しているようです。特に民兵の多くは我々が寛容な態度を取っていることを知り、続々と降伏しております」

俺は、皇帝として降伏した都市での略奪などを固く禁じている。既に一部の兵士は、略奪を働いたため処刑し、見せしめにしている。

確かに、この世界の常識として勝者は敵だった都市で略奪をするものだ。だから俺は、他国の土地で兵が略奪を働いても、場合によっては許すかもしれない。俺個人の心理的に抵抗があろうとも、俺は皇帝としてどうするべきかで判断する。それが皇帝として見逃すべき行為なら、俺は非道な人間になろう。

だから今回も、皇帝として許すべきではないから許さない。なぜなら、独立を宣言していたとはいえラウル地方は帝国の領土だ。帝国の君主として、今までもこれからも、俺は帝国の領土を守るために行動する。だから帝国領を荒らす人間は、同じ旗を掲げていても帝国の敵だ。

「ですが、一部の将兵は北東へと逃れていったという情報を得ています。行先はおそらく、ガーフルかと」

ガーフル共和国……貴族共和制の国家であり、そしてガーフル人は帝国にとって幾度となく戦ってきた宿敵のような存在である。そんなところに逃げ込むとは……俺のところに降伏したら、命を取られると思っているんだろうか。ちゃんと寛大な処分を下してるんだけどなぁ。

「陛下！　両ゴティロワ族長ゲーナディエッフェ殿から使者が参られました」

するとそこで、前方から伝令が走ってきた。都市から都市へと行軍を続けている内に、ゴティロワ族の軍勢の近くまでたどり着いていたらしい。

「用件はなんだ」

俺がそう聞き返すと、伝令ははっきりと報告する。

「救援要請です！　セウブ市の抵抗が苛烈とのこと」

独立を宣言したラウル領には、帝都カーディナルのように「首都」と呼ぶべき都市はない。宰相はいくつかの大都市を転々とし、そこから領地を統治していた。セウブはそのうちの一つであり、ここからかなり近い。

それにしても、ここまでろくに抵抗がなかった中、急に抵抗する都市……もしや敵の指揮官はそこにいるのか。

「目標を変更！　急いで向かう。宮中伯、念のため頼むぞ」

「承知致しました」

罠の可能性もあるから、宮中伯には密偵を使って探ってもらいつつの進軍だ。

さて、鬼が出るか蛇が出るか……。

＊＊＊

ところが事態は、想定外の結末を迎えた。なんとセウブ市は、俺たちが近づくとすぐに降伏したのである。包囲していたゴティロワ族の軍勢を突破し、ボロボロになりながら使者が差し出した手紙には、ほぼ無条件で降伏する旨が書き留められていた。

ただし、唯一の条件があった。それはゴティロワ族を都市に入れさせないことである。

なんでそんなにゴティロワ族は嫌われているのだ……何か過去にやったのだろうかと俺は疑問に思ったのだが、諸将は何も驚いていなかった。どうやら、これが異民族に対する一般的な反応のようだ。

完全な民族差別ではあるが、法律で禁じればすぐに改善される……という問題ではないよなぁ、差別云々は。皇帝としては国内での民族対立とか差別とかって、百害あって一利なしなんだけど。

あと聖一教徒は、ゴティロワ族に対しては他の異民族以上に嫌悪感が強いらしい。理由は、彼らがドワーフ族に似てるから。

……いや、これが本当に根深い問題なんだよ。そもそも聖一教は異大陸で誕生した宗教だ。しかし初期の集団は、その異大陸で激しい迫害を受け、船に乗ってこの東方大陸まで逃れてきた。この苦難の日々は聖一教の聖典に細かく描かれているのだが……どうやらこの時、もっとも苛烈に聖一教徒を迫害したのがドワーフ族らしい。そしてドワーフ族の特徴は『女も毛深く、どいつもこいつも髭を生やし、何より短躯《たんく》である卑しい連中』……いや、本当にこんな風に聖典に書いてあるんだよ。

そしてゴティロワ族も大人ですら背が低く、さらに毛深い傾向にある……その共通点が、聖一教徒的にダメらしい。

これについては『アインの語り部』のダニエルに詳しく話を聞いた。彼は長命種族のエルフであり、実際見てはいないものの、聖典よりも正確な当時の事情を知っている。

どうやら転生者であるアインは、差別の愚かさや憎しみに囚われる無意味さを説き、ドワーフから受けた迫害も赦すよう諭していたらしい。だが事実、当時の信徒はそれはもう言葉にできないレベルで酷い殺され方をしたそうで、彼らの恨みはそのまま聖典へと持ち込まれた。

聖一教の厄介なところは、転生者アインの言葉を元にその信徒たちが文字に書き起こしたものが「聖典」となっている点だろう。その結果、アインの教えは一部が故意に歪められてしまった。つまり、聖一教徒的にはドワーフは「悪」であり、そのドワーフに似た特徴を持つゴティロワ族に対しても嫌悪感が強いらしい。

まったく、面倒な話だ。帝国は彼らと仲良くしなければいけないというのに。


「いやはや、実に助かりました」

「久しいな、ゲーナディエッフェ」

セウブ市から少し離れた地点で、俺はゴティロワ族長ゲーナディエッフェと会っていた。彼らはここに陣を張って寝泊まりするらしい。どうやら、ここに来るまでのどの都市も、同じように強固に抵抗してきたそうだ。

ちなみに俺は、少数の近衛のみを引き連れそこを訪れていた。俺が異民族と交友を深めることに文句を言いそうな貴族は、今率いている軍中にはいない。逆に言えば、ラウル地方を完全に平定してそこの貴族らが復帰したら、気軽に会うって訳にはいかなそうだからな。

一方で、ゴティロワ族の方は多くの面々が並んでいた。おそらく、ゴティロワ族内での主要な人物が並んでいるのだろう。ゲーナディエッフェは帝国人とそう変わらない容姿、背丈だが、彼らは確かに背が低く、髭を蓄えていた。

「色々と苦労を掛けたな」

体裁としては、皇帝がわざわざ異民族の宿泊地に訪れたのだ……これだけでやりすぎだという連中もいるかもしれない。

しかし俺としては正直、ちゃんと言葉にしなければ……いや、言葉にしても足りないくらいに感謝している。

今回の対ラウルの戦いは、ゴティロワ族が真っ先に戦い敵を引きつけ、彼らが消耗してでもラウル領を我々と挟撃してくれる前提で作戦が練られた。彼らの奮戦がなければ確実に勝てなかった……逆に言えば、ゴティロワ族が損害を請け負ってくれたからシュラン丘陵での勝利という名声を俺は得られた。

それを分かっているからか、ゲーナディエッフェ以外のゴティロワ族からの視線は決して優しいものではない。だが恨みや憎しみも感じない。敵視はされてないなら良かった。どうやら、一定の評価はしてもらえていそうだ。

いやほんと、ゴティロワ族には頭が上がらない。それくらい、色々と尽くしてもらっている。それに相応しい報酬を与えられないというのがまぁ、心苦しいのだが。

「何、ラウルなんぞに成り代わられては、儂らが困りますからなぁ」

今回の対ラウルの戦闘は、ゴティロワ族がもっとも激しく戦い、もっとも損害を出した。最大の会戦はシュラン丘陵だったが、ゴティロワ族は毎日のように小規模な戦闘を繰り返し、ラウル軍と一進一退の攻防を続けた。シュラン丘陵での戦いは皇帝派に限って言えば、戦死者はそれほど多くない。

そこまでしてゴティロワ族が全力で戦ったのには、ちゃんと彼らなりの理由もある。

歴代ラウル公は、隣人であるゴティロワ族に対し高い関税を課してきた。特に穀物に対する高い関税は、山岳地帯に住むゴティロワ族にとって死活問題に等しい。

だからラウル公爵というのは、俺たちにとって共通の敵だった。それに、俺は自分に味方したら関税問題について改善するって明言していたしな。利害関係の一致という奴だ。

ただ、だからといって胡坐をかくつもりはない。それだけ俺は、この異民族との関係を重視している。

「ティモナ、例のものを」

「はい」

俺は控えていたティモナに贈り物を持ってこさせる。


「……それは？」

「シュラン丘陵での戦いについて、どのくらい聞いている？」

「敵を引きつけ、大砲の砲撃で以て敵を混乱させ、最後は陛下自ら騎馬を率い突撃なされたとか」

なるほど、出回っている噂よりかは正確な情報だな。

「余はこの旗を掲げ、敵陣に斬り込んだ」

持ってこさせたのは、俺が突撃する時に掲げていた旗だった。血や砂ぼこりで汚れたこの旗は、ぶっちゃけ本陣に刺さっていた旗を一本引き抜いたものだから、元々は大したものではない。

だが俺はこの旗を掲げ、そして勝利した。だからこの旗は、数世紀後にも現存していれば、博物館かなんかに飾られる……かもしれない。実際にそうなるかは今後の俺の治世次第だと思うけど、それくらいの「価値」は生まれたと思う。

今でもたぶん、西方派とかは欲しがるんじゃないかな。あの生臭坊主どもはこういうの、たぶん好きでしょ。

「これを卿に贈ろうと思う。これを以て、ゴティロワ自治領は帝国の領邦である証明とする」

描かれているのは、皇帝カーマインを表す紋章……まぁこれ、俺が生まれた時から決まってた紋章だから、いずれ自分で考えた紋章に変えたいんだが……今は帝国を表すシンボルとして十分だろう。

居並ぶゴティロワ族がざわつく。同じく動揺したらしいゲーナディエッフェが、口を開いた。

「へ、陛下。これはさすがに……」

たかが旗ではある。しかし今や世界に一つしかない、シュラン丘陵での勝利の象徴だ。自分で言うのもなんだが、貴重なものである。

「だからこそだ、ゲーナディエッフェ。これが余の覚悟である」

聖一教から、ゴティロワ族は嫌われている。だが俺は、今の西方派よりゴティロワ族を選ぶ。今回の戦いでの彼らの活躍を見て、彼らにはそれだけの価値があると判断した。

とはいえ、帝国貴族とゴティロワ族にはまだ隔たりも大きい。いきなり官職を与えれば反発は確実……だからこれは、せめてもの誠意である。

「余は皇帝カーマイン……帝国の守護者である。故に、余は異教徒だろうが、異民族だろうが、帝国の臣民であれば等しく守ろう。帝国に尽くすならば、その働きに酬いよう」

俺は現代日本を生きた転生者だ。その価値観はこの世界の一般的なものとは異なる。

異民族だろうが、異教徒だろうが、女性だろうが関係ない。帝国の民なら守る。帝国のために働くなら評価する。

「全ては帝国のために。帝国の旗の下において、民族も性別も、大事の前の小事に過ぎぬ」

……本当は宗教もな。ただ、皇帝としてこれは口に出せない。

今までの俺は、無力だった。だから自分の価値観を押し付けずに、この世界の価値観を優先してきた。

でも俺は、今回の勝利で力を得た。まだ押し付けはしないが、自分の考えを押し殺すこともしない。だって俺は、皇帝だからな。

「その覚悟、謹んで頂戴しましょう。これからも我ら、陛下に報いるべく心血を賭して戦います」

そう言って深々と頭を下げるゴティロワ族の面々に、俺は大きく頷いた。

異民族の宴

その翌日、俺はゲーナディエッフェに誘われ、彼らの酒宴へと参加することになった。

まぁ、俺はまだ酒を飲むつもりはないし、彼らの言語も分からないんだが。それでもこれは、参加することに意味がある。ブングダルト人とゴティロワ族の友好のためにな。

彼らの宴は、真っ昼間から行われるらしい。これはまぁ、夜は暗くて何も見えないからだろう。

いくつものテントが張られ、中央には広いスペースが……あれだな、まるで運動会みたいな配置になっている。

広い族長用のテントは入り口が広く開け放たれ、ここから中央の広場が見えるようになっており、テントの中には、ゴティロワ族以外には俺とティモナ、ジョエル・ド・ブルゴー＝デュクドレーにサロモン、そしてレイジー・クロームのみがいる。そして近衛は全員、護衛としてテントの外だ。

こちら側から宴に参加するメンバーはこれくらいだ。

……うん、めちゃくちゃ警戒してるな。レイジー・クロームが参加しているくらいだからなぁ。

近衛たちのそんな雰囲気のせいか、テント内もちょっと空気が重苦しいな。まぁ、ラミテッド侯やらヌンメヒト伯女シャルロットやらは軍を率い、それぞれラウル軍の残党を討伐している。俺と共に軍を率いていたのは、ワルン軍を率いるエルヴェ・ド・セドラン子爵だが、彼は軍をいつでも動かせる状態でセウブ市内で待機。そして本来はヌンメヒト伯女シャルロットに仕えているはずのレイジー・クロームが、一日限定で貸し出されている。

理由は彼が使える特殊な魔法にある。詳細は分からないが、彼は空間を繋げることで、瞬間移動に近いことができる……この宴で何かあれば、その魔法で俺だけでも脱出させるつもりらしい。その際、サロモンが魔法を使って時間を稼ぐ予定だとか。

そういった事情もあり、今回の宴では封魔結界が使用されないことになっている。本当に警戒しすぎである。これがブングダルト人とゴティロワ人の間にある隔たりか……これをなくすの、すごく骨が折れそうだなぁ。

「よくぞ来てくださいました、陛下」

「招待に感謝する、ゲーナディエッフェ。まだ子供だからと過保護な連中ですまないな」

当然、これだけ警戒されればゴティロワ族だって面白くないだろう。俺は真っ先にゲーナディエッフェに断りを入れる。

「いえいえ。酒が入ると人間、何をするか分かりませんからなぁ。こうして止めてくださる人間がいるのはありがたいことです」

……それ、酒が入ったらキレるかもって脅しではないよな？

「では皆の衆、帝国と我らの友好と繁栄に、乾杯」

こうして、緊張感を含んだまま宴は始まった。

＊＊＊

どうやら、ゴティロワ族は酒が好きな種族らしい。明らかに重っ苦しい雰囲気だったのに、酒を飲み始めればそれはすぐに霧散した。

ブルゴー＝デュクドレーとサロモンは出された酒に口をつけているが、相当アルコール度数は高そうだ。それをゴティロワ族は水のようにがぶ飲みしていく。もちろん、族長であるゲーナディエッフェもかなりのハイペースで飲んでいる。彼はさすがに酩酊するほどは飲んでいないが、ここから見える範囲にいるゴティロワ族の中には、既に酔いつぶれている人間もいる。

なるほど、これは聖一教と相性が悪いわけだ。

酒に強く度数の高い酒を好むのは、実は聖一教において悪名高いドワーフと同じ特徴である。そして何より、授聖者アインはその教えの中で酩酊を固く禁じていたりする。

これは語り部のダニエル・ド・ピエルス曰く、「船の上で酩酊したら海に落ちて死ぬから」だそうだ。

聖一教は長い船旅の末、この大陸にたどり着いた。その間、航海を円滑に進めるためにアインの口から発せられた取り決めが、そのまま聖一教の教義になってしまったものがいくつかあるらしい。

例えば、死者を船に乗せて弔うのもその一つだ。これは船上でいつまでも死体を放置しておくわけにはいかず、小舟に乗せて船から降ろし弔ったのが、その後正式な葬儀の作法になったのだという。地球でも、ヴァイキングとかが舟葬文化だった気がする。

ちなみにこれ、今では宗派によるが、棺が舟の形になってたり、墓地に先に小舟を埋めてその中に棺を納めたりすることで土葬でも「舟葬と同等」と扱われるようになっている。西方派もその一つだ。

閑話休題、酩酊を禁ずる西方派と、酩酊に忌避感のないゴティロワ族……その相性が良くないことは確かだ。

とはいえ西方派の教義を強制すれば確実に戦争になるしなぁ。あとゴティロワ族も、西方派の教えの一部は守ったりしていているらしい。まぁそのふわっとした感じが却って反発を生んでいるともいえる。難しいところだな。

やがて中央の広場に、おもむろにゴティロワ族が二人出てきた。俺は出された果実水を飲みながら、それをなんとなく眺める。本当はゲーナディエッフェと色々と話したいことがあるのだが……彼の目を見たら、後でいいかと思った。

上手く表現できないが……充足感と安堵だろうか、そういう雰囲気を感じる。我が子の成長を喜ぶかのように、自分の行いを誇るように。

自分が守ったもの、守りたいものを確かめているんだろう。その気持ちは分かる。俺も民衆に期待されて、それに応えたいと思って……だから皇帝として生きることを決めたんだ。もし俺が帝国の民衆に嫌悪感を抱いていたら、そんなことは絶対にしなかったと思う。

ゲーナディエッフェもまた、ゴティロワ族のために戦っているのだ。

さて、広場に出てきた男たちは、何やら彼らの言語で口上を述べると、取っ組み合いを始めた。まったくルールとか分からないが、彼らはそれを見て大盛り上がりしている。やがて次の二人組が出てきて、再び取っ組み合いを始める……なるほど、見ているうちにだんだんとルールが分かってきたぞ。

「『相撲』か」

「『レスリング』か」

俺が思わずつぶやくと、まったく同じタイミングでレイジー・クロームがそうつぶやいた。

「お前、『レスリング』のルール覚えているのか」

「いいや？　だが膝をついても手をついても負けになっていないし、土俵もない。『相撲』ではないだろう」

だからと言ってレスリングっぽくはないんだけどなぁ雰囲気が。というか、なんだろうこの意見が合わないことに懐かしさを覚える、妙な感覚は。

「……というか、お前機嫌悪いのか」

俺はふと、レイジー・クロームの様子に違和感を覚え、彼に確かめる。

「当たり前だ。なぜ私がお嬢様ではなく、お……皇帝陛下の護衛をしなければならないのだ」

今こいつ、お前って言いかけたな？　……まぁ、時と場所を弁えられる人間っぽいし、別にいいか。

「別にお前呼びで良いぞ。その不敬な物言い、表面だけ取り繕われる方が気色悪い」

あと今回の護衛、そのお嬢様が進んで差し出したんだけどな、お前のこと。

ヌンメヒト伯爵令嬢は、短い間しか会話していないが相当頭の回る人物と見た。

彼女の部隊は自領へと戻っていったが、その際、捕虜数十名を借りていった。おそらく、自領へと攻め込んできたラウル派諸侯にシュラン丘陵での顛末を喋らせるために連れて行ったのだろう。

その上、彼女が保護していたアーンダル侯の二人の息子のうち、次男は俺に引き渡し長男は連れて行った。自領だけでなく、アーンダル侯領も平定するためには戦死したアーンダル侯の長男はいた方が良いと見たのだろう。

彼女が直接アーンダル侯領を奪還するのではなく、あくまで後ろ盾として助力する姿勢は、俺としても他の貴族としても評価できる。何より、かなり順調に平定を進めているようだ。

利己的でなく、まともな貴族ってだけで個人的には高評価だ。


「さて陛下、そろそろ頃合いでしょう……どうです、儂と一献」

振り返ると、ゲーナディエッフェが酒の入ったコップを見せながら、俺に声をかけてきた。

「余は飲まぬがな」

……ようやく本題か。


この宴に参加した目的は他でもない。いわゆる密談というやつだ。俺とゲーナディエッフェの間には、色々と話しておくべきことがある。まぁ、表向きにはただの歓待なんだけど。

「これだけ騒げば奴ら、儂らの天幕は気にしませんからなぁ。それに、一人はもう聞こえておりません」

ゲーナディエッフェの隣に座ると、彼がそう俺に話しかけてきた。どうやら、宴が始まってすぐに呼ばなかった理由の説明らしい。

「しかしもう一人は潰れんか。やりますなぁ」

……なるほど、さっきまで気づかなかったが、ブルゴー＝デュクドレーが酔いつぶれている。つぶれていない方はサロモンか。

「そうか、ブルゴー＝デュクドレーとは知り合いか」

「えぇ。酔うと眠ってしまうことも」

まぁ、別に聞かれて困る話はしないと思うんだけどね。


「余の用件は後で話そう。そちらの話は？」

前回、ゲーナディエッフェと話したのは、巡遊の最中、ガーフル兵に襲われた時だった。あの時の俺はまだなんの力もなく、空手形しか渡せなかった。さて、今回は何を言われることやら。

「では儂からは一つだけ」

ほう、一つだけでいいのか……いや、逆か。むしろ一つだけという方が恐ろしいか。

「儂の孫を嫁にもらってはくれませんか」

テント内の空気が、凍りついた気がした。

＊＊＊

なるほど、そう来たか。

「先ほどから陛下に酌をさせている娘です。身内贔屓ながら器量も良く美しい娘でしてな。どうです？」

ゲーナディエッフェの紹介で、その少女が頭を下げる。俺より一・二歳くらい年上か……族長の孫に果実水を注いでもらってたとか、全く気が付かなかった。しかし言われてみれば納得だ、ゲーナディィエッフェと同じく、ブングダルト人と言われても違和感のない背丈をしている。

ちなみに、テント内の空気を変えたのはサロモンだ。殺気まではいかないが、穏やかじゃない雰囲気である。そういえば、ロザリアを泣かせたら容赦しないと明言しちゃう人だったな。


「本当にそれで良いのか」

「おや、気に入りませんでしたか」

かつてゲーナディィエッフェと盟を結んだ時、彼はこう言った。

――陛下を『五代の盟約』、その五代目と認めましょう。

はじめて聞いた言葉だったが、重要なのはつまり、俺は無条件に五代目と見なされる訳ではなかったということ。おそらく本来の五代目は俺の父、ジャン皇太子がなるはずだったのだろう。

そして遡れば、初代に当たる人物は四代皇帝……獅子帝、エドワード二世である。彼とゴティロワ族との間に目立つ繋がりはまず、彼がゴティロワ族の女性を妻の一人として迎え入れたということだろう。

「普通に考えれば、ゴティロワ族の女性を妻に迎え入れた者を初代とする……それが『五代の盟約』、そう思うだろう」

実際、宮廷の資料にはそう書かれたものもあった。だが俺は、この『五代の盟約』はそうではないと考えた。

「調べたぞ、ゲーナディエッフェ。四代皇帝が迎え入れた妻は、背丈が低かったそうだな」

背丈が低いのはゴティロワ族の特徴。一方で、その族長であるゲーナディエッフェの背は彼らよりも高く、その孫も同じである。

「そして四代皇帝は、娘の一人を時のゴティロワ族長の嫁に出している」

つまり、『五代の盟約』とは単純な血縁関係から来るのではなく、族長の一族がゴティロワ族内で優位性を保つために必要な、重要な事柄ではないだろうか。だってただの血縁関係で五代も同盟を維持するって、普通に考えたら重すぎる。

「余が思うに……ゴティロワ族において『背が高い』ことは権威の象徴なのだろう。そしてそのために、歴代の族長一族はゴティロワ族以外の異民族の血を積極的に取り込んできた……つまり『五代の盟約』とは、族長一族が異民族の嫁を貰い受け、その者が次の族長を産んだ際に見返りとして五代にわたる強固な同盟を保証する……そういうものではないだろうか」

そして俺の予想が正しければ……。

「だから余はてっきり、卿はいずれ生まれてくる余の娘を欲しがっていると思ったのだが、違ったのか」

「ふむ、ちと簡単過ぎましたかな」

そして俺の予想は正しかったらしい。まだ俺は結婚もしてないし、こんな話は早すぎると思うんだけどなぁ。

「何人目か分からないし、そもそも確実に生まれてくる保証もない。それでも、余は生まれてくる娘を、卿の後継者の嫁に出しても良いと思っているのだが？」

「では、そちらでお願いいたしましょう。いやはや、口約束とはいえ思い通りになって良かった。ガッハッハ」

……よく言うぜ、ゲーナディエッフェとしてはそれとは別に、本気で孫を俺の妻にしたがっている癖に。

四代皇帝の話からも分かるように、ゲーナディエッフェとしてのベストな選択は、俺に自分の孫を嫁がせたうえで、別の妻から生まれた子を将来の後継者の嫁にすることだ。だがそれをすると、俺の方が話がこじれる。

外国の王女であるロザリアと、帝国の臣下であってほぼ独立国に等しい自治権があるゴティロワ族の長の孫……どちらを正妻とするかは、今後のベルベー王国とゴティロワ自治領の情勢によっては、問題になる可能性がある。

だから俺としては断りたかった。そしてそれを察知したゲーナディエッフェは、俺の心情を損ねないように手を引いた……といったところか。


まったく、油断ならない男だ。

「では、次は余の用件を伝えよう」

俺は果実水で一度喉を潤し、そしてゲーナディエッフェにはっきりと伝える。

「帝国と自治領は、しばらくの間一定の距離を保って付き合おう」

＊＊＊

「ほう、距離を。詳しい説明をいただけますかな」

ゲーナディエッフェの目つきが鋭くなる。やはり歴戦の男は違うなぁ。威圧感すら感じるぞ。

「ゴティロワ族は、あまりに我々と文化が違い過ぎる。そして聖一教が変わらない限り、聖一教徒とゴティロワ族の間には、何かしらの問題が起きることは想像にたやすい」

そう、彼らは帝国領内で自治領として存在するが、あまりに文化が違い過ぎる。そして違いは敵視を生みやすい。

実際、今俺がラウルは素早く片付けたのにアキカールの方は時間をかけて鎮圧しようとしているのは、元異民族で異文化であるが故の民族対立が根底にある。俺はそういった異民族を弾圧するつもりはないが、過去の負債が残っているのだ。

「人の感情や意識というものはそう簡単には変えられない。余は、時間が必要だと判断した」

だが単純に時間をかければ改善するという訳でもない。ここで必要なのは、彼らの献身だ。

本当、ここまで彼らに世話になっておいて、虫のいい話だが……この先も彼らの流血が必要なのだ。

「よって、これから余は戦の際、常にゴティロワ兵の供出を求める。百人でも、その半分でもだ」

「……ほう、百人でよろしいのですか」

やはりゲーナディエッフェにはちゃんと意図が伝わるな。

「そうだ。必要なのは実際にどのくらい功をあげたかではない。継続的な献身……それがあれば、いずれ誰も文句は言えなくなる」

「良いでしょう。しかし陛下は距離を取るとおっしゃいましたなぁ。他には？」

俺は頷き、さらに続ける。

「まず、余はまたしばらく卿らと直接会わない方が良いだろう。こうして宴に参加していることも、帝都の聖職者らが知れば一部を除いて卒倒しかねない」

これはまぁ、なんとかなると思う。手紙でやり取りすればいいし、面識のあるブルゴー＝デュクドレーやデフロットがいる。

「そしてもう一つ、これは大事なことなのだが……しばらく余から卿らに『名誉』は与えられないと思ってほしい」

「ほう、名誉ですか」

これは帝国貴族が面子とか気にするからだな。ろくに働かなかったりするくせに、そういうのだけはうるさい人間が結構いるんだよな。

「具体的には宮中官職だな。あれはしばらく、卿らに与えるのは無理だろう」

いわゆる内務卿とか外務卿とか、そういう官職だ。これについては、実際に仕事がある内務卿などだけではなく、名誉職……例えば式部卿などといった官職も、等しく任じられないだろう。

「なるほど。つまり、宮廷と距離を置くように、ということですな……これまで通り」

そう、これは実は現状維持の話だったりする。逆に言えば、今までそういう風潮だったから簡単には変えられないというだけの話でもあったりするのだが。

「あぁ。掃除が済むまでの数年間は耐えてほしい……それともう一つ。今回のラウル平定について、近く論功行賞があるだろう。その際、余は卿らの働きを評価し、上位の序列につける。だが、褒賞についてはそれに見合わないものになるだろう……具体的には金銭だな」

俺にとって、もっとも心苦しいのがこれだ。俺個人の心情としては色々と褒美を与えてやりたいが、今は彼らが反感を抱かれないためにそうした方が良い。

「ほうほう、それで？」

もちろん、事前に素直に話したからただで許してくれというつもりはない。この話のメインはここからだ。

「代わりと言ってはなんだが……今回のラウルとの戦闘で発生した、自治領の損害……これを褒賞とは別に『復興・補填』の名目で支払おうと思う」

「なるほど……つまり名誉ではなく実利を……ということですな」

名を捨てて実を取るっていうやつだ。帝国貴族は『名』も重視する……というか、下手すると『実』より『名』を優先しかねないが、ゴティロワ族にとっては『名』は余計な嫉妬を生むだけの重しになりかねないと思っている。

「そうだ。どうだろうか」

「それは願ってもない話ですな」

まぁ、食いつくだろうな。ゴティロワ族は山岳での戦闘に強く、ラウル軍に対しても自領深くまで引きつけ戦った……その結果、自治領は半ば焦土作戦を行ったかのような損害を出している。

当然、ゴティロワ族の長としては復興のための資金が欲しいし、俺としても下手にゴティロワ族の政情が不安定になれば、貴重な兵力の供給源がなくなりかねないからな。

「では急ぎ、被害状況を計算させましょう」

「あぁ。ただし、宛先は余ではなく財務卿だがな」

勿論、ニュンバル伯に精査してもらう。俺では判断できないからな。


大いに盛り上がっているテントの外とは対照的に、テントの中は静まりかえった。

「……返事がないようだが？　ちゃんと帝都に送るように」

「はぁ。仕方ありませんなぁ」

その声は、渋々といった様子だった。

……ほんっとうに油断ならねぇな、ゲーナディエッフェ。

「あとそうだ。もう一つだけ聞きたいことがあるんだが……」

まぁ、それだけ頼れる相手なのも事実だしな。

誰が為の転生

ゴティロワ族の歓待を受けた数日後、彼らは兵五百を残し引き上げていった。

ちなみに、彼らへの補給……つまり食事代が帝国持ちになっていると気付いたのは、ゲーナディエッフェが帰った後の事だった。してやられたが、まぁこのくらいは許そう。持ちつ持たれつだ、あの野郎。


その後も都市の平定（降伏を受け入れるだけ）と、略奪に走った馬鹿の粛清を繰り返し、やがて冬が来る前に完全に旧ラウル公領を平定することに成功した。

ラウル家が断絶したことで、抵抗の音頭を取る者がいなかったのだろう。ちなみに、シュラン丘陵での戦いで、ラウル僭称公に成り代わって指揮を執っていた人間は、既にガーフル共和国に逃れたという。

そしてこれは非常に驚くべきことなのだが、なんとそいつはラウル家の股肱《ここう》の臣どころか貴族ですらなく、一介の傭兵に過ぎなかったらしい。さらに言うと、その傭兵団はどうやら天届山脈の東側から来た連中らしい。

そりゃガーフル共和国にも簡単に入れるだろうな……下手したら既に現地で雇われているかもし

れない。

それにしても……なぜただの傭兵がラウル僭称公のフリをして指揮できたんだ。しかも、降伏した兵たちはみんな最後まで僭称公が指揮を執っていたと信じ込んでいた。

謎は深まるばかりである。


それはさておき、降伏した中小貴族……子爵や男爵家の連中は、ひとまず寛大な処分を下していった。彼らは上司に従っただけだからな。それを責めていったらキリがない。

あと、宰相が優秀な人材を大量に引き抜いていただけあって、ちゃんとした貴族が多いんだよね。皇帝直轄領の下級貴族よりもまともで真面目で優秀で……なんだか悲しくなってきた。

他にも、ラウル僭称公を支持していた西方派聖職者も拘束した。彼らの処分に関しては面倒なので西方派に丸投げすることにした。今は俺が口出すと反発されそうだし、恩も売れるからな。

最後にもっとも重要なことだが……ラウル領を平定したことで、金貨の造幣関連の諸々を完全に差し押さえることに成功した。具体的には金貨の造幣所と、技術者だ。特に技術者に関しては、近衛の半分を差し向けて完全に軟禁している。

まぁ、鋳型とか持ち出されて勝手に貨幣作られたら、本当に国が崩壊するからな。貴族が造らせた貨幣ですら崩壊寸前まで追いやってるのに。

だからいつの時代も、金貨や銀貨を作る人間は、親族に至るまで極めて厳しい監視下に置かれる。そして少しでも怪しい動きを見せたら即拘束……ひどい国だと即処刑である。その代わり、平民に比べて裕福な暮らしができる。

その辺の常識は僭称公にもあったようで、問題なく拘束できた……というか、彼らを監視していたラウル兵も一緒に降伏した。もちろん、職務を全うした兵には寛大な処分を下す。


こうして俺は、金貨の造幣能力を確保したのである。ついでに、ラウル領内にあった金鉱脈は全て確保した。これで帝国として金貨を発行することが可能になった。

……まぁ、帝国金貨の鋳型はなんとすでに消失していたのだが。正確には持ち出しを防ぐために、六代皇帝の時代に処分したそう。だからこれから先、新しい金貨の鋳型を造るか、あるいは悪名高いラウル金貨をそのまま造るかの二択しかない。


さて、こうしてラウル領を完全に平定した俺は、すぐに帝都へ帰還……という訳にもいかず、ラウル地方の統治に邁進していた。ちなみに引継ぎに関してはこれまたほとんどすんなりといっている。それは僭称公が急死……本人が死ぬとは思わないうちに殺せたことで、書類の破棄などをされなくて済んだことと、下級貴族の大半を許したことで引継ぎ自体がそれほど発生しなかった事が大きいだろう。

ただそれでも、やはり問題はところどころに発生していた。その最たるものが、お金の話である。

これまで、ラウル公の支援を受けていた職人や商人、そして研究者たち……彼らはラウル公が死んだことで、早い話来年の資金源がなくなったのである。もちろん、絶対に必要なものに対しては金銭支援の継続を約束するが、ただでさえ借金まみれの帝国に、これ以上無駄な出費は許されない……というか、俺が財務卿からまたネチネチ言われたくないので、厳しめに仕分ける。

が、当然納得できない連中が直談判しに来るのである。

……これ、絶対俺の仕事じゃなくて財務卿の仕事だろうと思うのだが、忙しいので無理と言われた。もっと皇帝を労わるべきだと思う。


「この調子だと、冬はここで越すことになる」

俺がため息と共に、思わず愚痴をこぼす。まぁ、事業仕分けみたいなこの作業と、直談判を論破してお帰りいただくだけじゃなく、他にも仕事はあるからなぁ。

前支配者からの引継ぎは、ほとんど上手くいっている。だが一部、色々と精査が必要なものも存在した……そう、賄賂や汚職により意図的に隠蔽された書類の復元である。

ちなみにこの作業で見えてきたのは、僭称公が賄賂好きな小者だったということである。あと隠蔽が甘い。一方で、先代のラウル公……宰相が関わっていたらしき書類についてはかなり難航している。数十年間ずっと偽装を続けると、ここまで巧妙になるんだな。

これについては、ナディーヌから「その道のプロがエタエク伯爵家にいる」と手紙で紹介を受けた……のだが、連れてこいといったら「既に財務卿に連れていかれた」と返ってきた。おのれ財務卿、出世させてさらに仕事増やすから覚悟しておけ。

「陛下、また直談判にきた人間です……研究者とのことです」

「……もう今日だけで十人と面会してますよ、陛下」

ティモナの報告を聞き、毎回警護するこっちの身になれとでも言いたげなバルタザールが不満を漏らす。

まぁ、バリーの言いたいことも分かるよ。毎度毎度粘られるから、最終的には近衛たちに引きずりだしてもらってるからね。

だがこの仕事を別の人間に回すと、そいつが直談判しに来た人間への対応に迷った時、結局俺のもとまでお伺いが上がってくる。ならいっそ、俺が直接会った方が早い。あと、俺が貴族として信用できる人間で、判断力に信頼を置ける人間があまりに少ないというのもある。何度も言うが、深刻な人材不足だ。

するとそこで、ドアをノックする音がする。

「来られたようです。ご案内しても?」

ティモナの言葉に俺は頷く……さて、今回はどんな奴が来ることやら。せめて面白いといいんだが。

＊＊＊

俺が接収した館に置いた、仮の執務室……そこに現れたのは、珍しいことに女性だった。

一見、背丈といい顔といい十代前半に見える。そして修道女みたいな服装に、修道女によくいるショートヘアに、修道女がよく身に着ける『聖なる横帆』のレリーフ……なのに絶望的なまでに聖職者っぽくないのはなぜだろうか。

横にいたティモナから手渡された情報によると、彼女の名前はヴァレンリール・ド・ネルヴァル。父は生前子爵で、彼女自身は魔法の研究者……っていうか、この見た目で三十代越えてんのかよ。

まぁ、同じく実年齢より十歳以上幼く見えるヴェラ＝シルヴィを知っているから、そこまで驚きはしないが。

「それで、どんな用件でここに？」

「はい、陛下……」

なんかやけに猫なで声な気がするが、最低限の情報は得ているようだ。

どうも直談判しに来る奴、半分近くは俺が皇帝だと思わずに話し出すんだよね。そういう奴は、その時点でバルタザールを呼んで叩き出している。そもそも帝国にとって明らかに必要な研究や事業には最初から金出しているし、その程度の情報もなく殴り込んでくる馬鹿に用はないからな。というか、十三の子供が対応してる時点で何かおかしいと気付くべきだろう。

「私、魔法の研究者でしてぇ……来年のお金がどうしても必要でぇ……もしいただけたら、この身体、陛下のお好きになさって構いませんのでぇ」

そう言って、女は下手くそな流し目をしながら服の首元に指をかけた。

まさかの、色仕掛けだと。……色仕掛けだよな？　あまりに下手過ぎて、どちらかというとバカにされてる気がしてくるんだが。

これは初めてのパターンだ。そもそもその幼児体型で色仕掛けは無理……いや、俺もまだ子供だったわ。むしろだからこそか、なるほどね。

……いや、おかしいだろ。頭のネジぶっ飛んでんじゃないのか、こいつ。

「研究成果、持ってきてるなら出すがよい。ないなら帰れ」

俺の反応が薄いと気が付いた女は、渋々レポートらしき紙の束を差し出してきた。ちなみに羊皮紙ではなく上等な植物繊維の紙だ。前世の紙と同じくらい上質な紙をこれだけ多く使えるのは、それだけラウル領が裕福だったからである。だから多くの研究者が帝都から流出しラウル地方にいたのだが。


俺は出された資料に目を通す。内容は……より高威力な爆発魔法の研究？　うわぁ、凡庸だな。ぶっちゃけ、この手の研究は腐るほど見てきた。現場ではほとんど使わないのに、貴族で魔法使いの研究者は、なぜかこういう威力重視の魔法ばかり研究するんだよな。しかも爆発魔法って、近い将来火薬で代替可能になる魔法だし。

それこそ、気化爆弾ぐらいの威力があれば金出すだろうが……あぁ、でもダイナマイトくらいの威力はありそうだな。坑道でなら出番あるか？

と、軽く目を通しながらページを捲っていたのだが……あるページで俺の手は思わず止まった。

そのページにはなんと、飲み物を零した痕と思わしきシミが、これでもかと広がっていた。

……なめてんのか、こいつ。よし、叩き出そう。

俺がそう決めてバルタザールに声をかけようとした時、部屋のドアがノックされた。


部屋に入ってきたのは『アインの語り部』のダニエル・ド・ピエルスだった。まぁ、取り込み中に外にいる近衛に止められない人間は、かなり限られてるんだけど。

「卿は帝都にいたのでは……まぁいい。今は取り込み中なんだが」

「えぇ、陛下。陛下であれば色眼鏡抜きに判断してくださると思いましたので、この場に立ち会いたく参上いたしました」

いや、俺の質問の答えになってないし、まったく話が見えないな。というか……色仕掛けに惑わされる心配ではなく、色眼鏡抜き？


「もうしばらくお待ちください」

老エルフがそう言ったちょうどその時、再びドアが開いた。

「私も暇ではないから、そう何度も呼び出さないでもらい……っと、なんだこの状況は」

文句を垂れながら入ってきたのは、レイジー・クロームだった。

なるほど、もしかしなくてもそういうことか。

「ティモナ、バリー、ここはいい。部屋の外で待っていてくれ」

　これ、転生者案件だな。


　二人が部屋から出ると、先ほどまでの媚びるかのような表情から一転、何を考えているか分からない無表情を浮かべたヴァレンリール・ド・ネルヴァルが、人差し指でこめかみを叩いていた。

「あーはい、なるほど。分かりました」

　そして彼女は、能面のような動かぬ表情で、抑揚のない声で、その指を俺に向けた。

「申し訳ありません、陛下。どうしても好奇心が抑えられず……無礼を承知でお尋ねします。『陛下は、転生者ですか？』」

　それは日本語だった。懐かしい……いや、質問内容よりもその指が失礼だと思うんだがな。あと、口調もキャラもなんか変わってるし……まぁ、こっちが素なんだろうが。

「ということは、君も？」

「いいえ、陛下」

　そこで返ってきたのは、俺としても想定外の回答だった。

「転生者は私の父です。私は転生者の教育を受けた、ただの研究者です」


　部屋が静まりかえる。気づけば、重苦しい空気が流れていた。

「なんですかその『鳩が豆鉄砲を食ったよう』な顔は。本当は見たくないツラを見て最悪な気分ですが、その顔に免じて許してあげます。んふふふ」

俺もそんな笑い方、リアルでしてるやつ初めて見たよ。というか……教育か。言われてみれば、転生者アインの言葉から聖一教が生まれているのだ。転生者の教育を受け、地球の知識を継いだこの世界の人間だって、いてもおかしくはないのか。

「資料によると、その父親は亡くなっているそうだが」

ヴァレンリールは俺の問いには答えず、今度はレイジー・クロームの方を指差した。

「そちらの男も同類ですか」

彼女の言葉に答えたのは、ダニエルだった。

「えぇ……レイジー・クローム、転生者です。話しても問題ありませんよ」

「んふふふ、この部屋は腐熟した堆肥《たいひ》の匂いがしますね。もしかしてエルフがいます？」

なるほど、見たくないツラとはダニエルのことか。


「私と兄弟たちは転生者である父の教育を受けました。簡易的な数学、物理、化学。宇宙のかたち、人権、進化論……そして魔法」

語りだしたヴァレンリールの視線は、先ほど俺に手渡したレポートの方に向けられていた。

「特に父は、自分の世界になかった魔法にのめり込みました。だから私の専門もそちら側です」

その割には、飲み物のシミを放置していたようだが……？

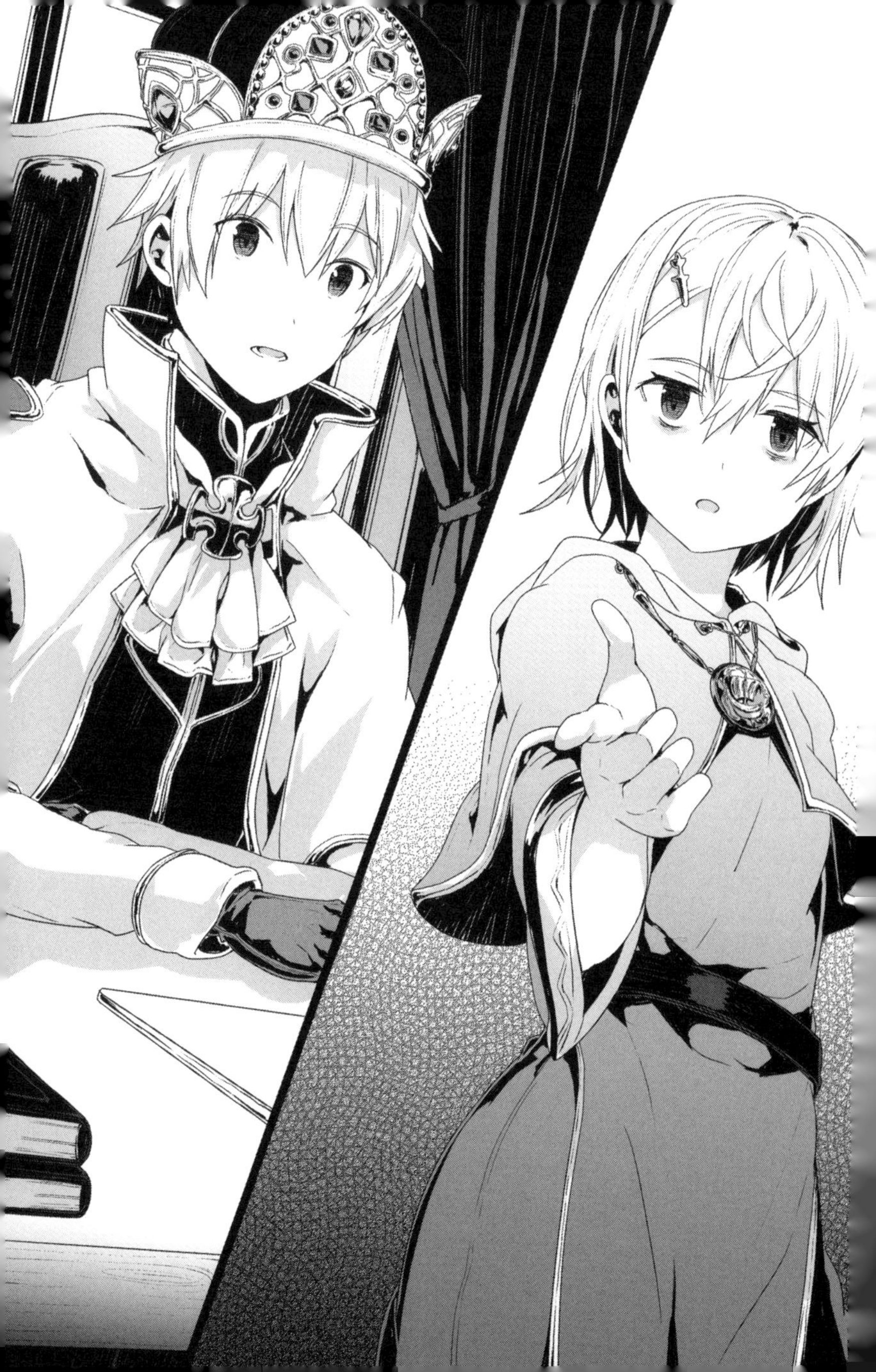

そんな疑問も、口にすることはできなかった。ヴァレンリールの声が、初めて震えたからだ。

「だから『語り部』とか名乗る連中に見捨てられたんでしょうね」


ヴァレンリールは、目立つ大きさのネックレスに触れた。

「父は殺されました。異端審問を受け、火あぶりにされて……あの人にとって、この世界はいつまで経っても異世界でした。あの人はなぜか宗教を軽視し、聖一教にとって不都合な話も『正しい知識』として教育した……だから異端審問にかけられた。母も私も、兄弟たちも」

俺はナン男爵のことを思い出した。ティモナの父……彼もまた俺に行った教育が西方派の心証を害し、異端審問を受けたのだった。

「みんな灰になりました」

そして彼女は、身に着けていたネックレス……『聖なる横帆』のレリーフを、まるで醜い汚物かのように親指と人差し指でつまみ上げた。

「私は一番下でした。もっとも幼く、そして敬虔な聖一教徒として振る舞った私だけが生き残りました」

修道女みたいな服装なのに、修道女らしくないのも当たり前だ。彼女はたぶん、聖一教を憎んですらいる。

「それで、その際に『アインの語り部』の助けがなかったと？」

「苦渋の決断でした。我々にはまだ、それを止められる力がありませんでしたから」

過去を悔いるように、酷く残念そうな声色でダニエルはそう言った。それに対し、ヴァレンリールは再び無機質な声色で反論する。

「エルフ共は『損切り』をしただけです。私の父はいらない転生者だった」

どこか余裕そうなダニエル、何か心当たりがあるらしく鋭い視線をダニエルに向けるレイジー。そして怒りを抑えるためか、無表情で声の抑揚も少ないヴァレンリール。

場の空気は、致命的なまでに凍り付いている。


「陛下は『アインの語り部』がどういった存在だと？」

彼女の言葉に、俺はかつて受けた説明を思い出す。

たしか……彼らの目的は世界の針を進めることだ。『進んだ異世界の、失敗も過ちも知る転生者ならば、世界をより良い方向へと導けるのではないか』という考えを元に、転生者の保護を行っている。

そして彼らは、ある意味もっとも利害の一致した『授聖者アイン』の協力者だった。だからアインの言葉を自分たちに都合よく歪めることなく、現代に伝えている……アインも転生者だったのだから、彼の言葉を正しく残すのは自然なことだ。

だから異端審問について俺が停止する決定をしてもダニエル・ド・ピエルスは全く反対しなかった。それはアインが定めた制度ではないからな。

「そういえば、自分たちは『転生者教』だとか言っていたな」

「んふふふふ。どの口が言いますか」

ヴァレンリールの声が大きくなった。相当、許せないようだ。

するとそこで、ここまで静かだったレイジーが口を開く。

「『アインの語り部』は、『白紙戦争』以降の停滞した文明から世界を発展させるために、『転生者』の知識を欲している。逆に言えば、世界を『進める』つもりのない転生者や、自分たちが欲する知識を持っていない転生者についての関心はない。そして自分たちに都合の悪い転生者は、消えても良いと思っている……私も殺されかけたからな、身にしみて分かっている」

「保護するのは自分たちが欲しい転生者だけ。日本語の知識ばかり残っていた男なんて、『語り部』直々に殺されました。そんな連中が『転生者教』？　笑える……」

ヴァレンリールも追従する……一方でダニエルは涼しい顔だ。まぁこの男の事だ。こうして責められることも想定内なのだろう。

「科学による発展、そのための転生者です。アインの教えを利用する聖一教と、転生者を利用する我々。本質は同じでしょう」

その聖一教西方派の聖職者なんだけどな、お前。

「それと、同胞の名誉のために申し上げますが、その男を殺したのは他の転生者を守るためです」

つまり、見捨てた件については事実だと。

まぁ、大体の話は分かった。『アインの語り部』にとって、転生者は手段であって目的ではない。世界が魔法文明を発展させた結果崩壊したこと、その後発展を止め停滞したことを反省し、科学による世界の発展を目論んでいる……それが語り部だ。

二人はそんな『アインの語り部』が信用できないと。まぁ気持ちは分かる。

「ヴァレンリール……余は卿の話に同情する。だからといって、余は『アインの語り部』を敵視することも、猜疑心を抱くこともない」

むしろ『アインの語り部』は行動方針や理念がはっきりしていて分かりやすい。そして転生者である俺が国を動かす《皇帝》立場である限り、こいつらは積極的に俺に協力するだろう……俺たちは利害が一致しているからだ。

転生者の貴族であれば、前世の知識を広めるためには時間がかかるし、国に認めさせるためには君主に上奏して説得しなければならない。だが君主が転生者なら、説得の手間がいらない。

そして俺としても、帝国を発展させることには大賛成だ。なぜなら俺は、皇帝だから。帝国が最先端で世界の針を進められるなら、これほど都合のいいこともない。

「もとより『アインの語り部』が危険な存在であることなど知っているしな」

そう、これは別に俺にとって、ショッキングな話ではないのだ。なぜなら……。

「そもそも余は、この男の利益のために子供三人でガーフル騎兵から逃れ、見知らぬ異民族の王たちと交渉するハメになったのだ。自分たちの都合のために他人の命すら駒とする連中であることくらい、初めて会う前から知っているとも」

だからこそ、皇帝として実権を握っている今の俺は、彼らにとって守る価値のある存在だ。利害が一致している間は信用できる。

「ところで卿は、先ほど『日本語の知識ばかり残っていた男』と申したな……どういう意味だ」

俺の質問に、気持ちを切り替えるかのようにヴァレンリールは大きく息を吐きだした。

「えぇ。私の研究分野は三つあります。その内の一つは転生者についてです……私は過去に八人の転生者と会いました。あなた方でちょうど十人になります」

それはまた、ずいぶん多いな。

「えー、陛下。前世の自分の名前や家族の名前は？」

ヴァレンリールの質問の意図は分からなかったが、俺は素直に答える。

「覚えていないが？」

これは転生した時からずっとそうだ。俺は前世の自分の名前を覚えていない。

……俺はてっきり、そういうものだと思い込んでいた。

「……なんだと」

レイジーの驚いた表情を見て、俺は自分がずっと勘違いしていたことに気が付いた。

「では、あなたは？」

「クロムラ、レイジ……父はコウジで母はコトミ」

そうか、レイジー・クロームって前世の名前をもじって自分でつけたのか。そういえば彼は、本来は貴族の前に立てない平民……おそらくスラムの出身だ。この世界での親の苗字なんて知らないのかもしれない。

「なんと、両親の名前まで覚えているんですか。これは珍しいですね」

あとでメモしましょう、とヴァレンリールは興味深そうに言った。少しだけ、彼女の表情は明るくなっていた……その分、レイジーと俺が驚きの表情を浮かべているのだろう。

レイジー・クローム……言われてみればこの世界で見かけない不思議な名前かもしれない。いや、それだけで気が付くのは無理だと思うが。

「しかしまぁ、名前の記憶容量など大したものではありませんから、誤差の範囲でしょう」

そしてヴァレンリールは、少し早口で一気にまくし立てた。

「私の仮説ですが、貴方たち『転生者』は異世界の魂がそのまま『転生』した存在ではありません。神かあるいはそれに類する存在によって、記憶はいじられているはずです。その『選択』あるいは『選別』がどこまで意図的に行われているか分かりませんが。ある者は日本語学、ある者は医学知識、そしてある者は数学……特定の知識をより『鮮明に』残されている。その代償として、それ以外の記憶は激しく欠損している……失礼、一度に話し過ぎました。私の悪い癖です」

そうか……そうなのか。そういうことか。自分の記憶だから全く気が付かなった。言われてみればそうだ。

俺の記憶には確かに違和感がある。二次方程式の解き方どころか、二次方程式がなんなのかすら覚えていない俺が、なんで幼く死んだ君主……フランス王ジャン一世や後漢の殤帝劉隆のことを覚えているのか。英単語などどろくに覚えていない俺が、なんで火縄銃の使い方を覚えているのか。

俺は自分の名前すらも忘れさせられた代わりに、歴史やそれに付随する知識を重点的に残されたのか。

「二人ともそんなに目を見開いて……痛くないんですか」

ヴァレンリールは、今日初めて本当に愉快そうな声をあげた。

「おい……『総理大臣』の名前、何人言える？　私は一人も覚えていないことに今気が付いた」

「俺も似たようなものだ……そうか、『忘れた』のではなく『消されていた』のか」


いや待て、そもそも俺の知識は、本当に俺の記憶か？　俺は確かに前世で、歴史が好きだった。だが個人の名前や事績など、そんな細かいところまで、鮮明に覚えていただろうか。分からない……結局、記憶がないのだから確かめようがない。

だが一つだけ決定的なことが分かった。それは自分自身の記憶が、絶対的に信頼できるものではないということだ。

「……私たちの記憶は、どこまで介入を受けている」

「さぁ？　残る記憶についてはまだ法則が不明ですし、ランダムかもしれません。たかが十人程度のサンプルでは結論までは至らないでしょう。それに、人によってはほとんど知識が残らず、自分が転生者だという自覚すらない者だっていました」

記憶の欠損が激しい場合、自分には前世の記憶があるという認識にまで至らない……あるいは、転生する人間に法則性がない場合、例えば地球で赤ん坊の段階で死んで転生する可能性だってある。

そう考えると、前世の記憶がない転生者も意外と多いのかもしれない。


「ですが、意図的な介入は確実に受けています」

俺は、ヴァレンリールが怖いと思った。転生者でもないのに、転生者《俺たち》以上に転生者のことを知っている……そんな彼女が。

「だって……あなたたち転生者は、『転生』……つまり前世で死んでいるはずなのに、その記憶だけが共通してないいんですから」

あぁ、本当に気味が悪い。まるで、天から覗かれてるような、そんな錯覚に陥る。

俺たちはいったい、転生者とはいったい……。

「その理由は、分かるのか」

そう尋ねたレイジーの声は、かすれていた。俺も正直に言えば、衝撃と情報量の多さに頭がくらくらする。

「それはきっと、神がその方が良いと判断したからでは？　それこそ、人智では理解できない理由かもしれません。事実、転生なんて奇跡が起こっているのですから……何が起こったっておかしくはないでしょう?」

神のみぞ知るってか。

……まぁいい。自分が何者だったかより、大事なのは今、自分が何者かだ。

俺は皇帝カーマイン。それ以上でもそれ以下でもない。もう自分の記憶については利用するぐらいの感覚でいい。もう俺は帝国の皇帝として生きることに折り合いをつけているんだ。

だから帝国の皇帝として、転生者という存在について、聞きたいことがある。

「ヴァレンリール、卿は先ほど余を含めて十人の転生者と会ったと申したな? 卿の年齢が詐称でないならば、随分と多いように感じるのだが?」

「それは私が一時期、皇国にいたからです。転生者がアインの子孫に誕生することはご存じですね? そのアインが亡くなったのは皇国です」

……おいおい、まさかとは思うが。

「天届山脈の東側には、こちら側よりも転生者が多いのか」

「えぇ、圧倒的に」

クソ……皇帝としては何よりも最悪な情報だ。個人差はあれど、転生者の知識はこの世界に発展と技術革新をもたらすだろう。そして帝国と同等の規模の国家が、大量の転生者を抱えているかもしれない……?

心のどこかで、転生者の数はそんなにいないと油断していた。そんなのありかよ。

……もしかして、俺はこの先、他の転生者たちと戦わなきゃいけないのか。

現時点で、皇国に圧倒的な技術差をつけられていないのが奇跡みたいだ。数十年後には差をつけられているかもしれない。帝国としては、そうなる前に皇国にダメージを与えて、足を引っ張らないと手遅れになる。やはり一度、皇国に侵攻しないとダメなのか……でもその場合、転生者と戦うのか。

転生者相手の知恵比べとか、普通に気が滅入るんだが。どうしてこう、次から次へと頭が痛くなるような事案が出てくるんだろうか。


俺が思わず黙っていると、今度は、レイジーが口を開いた。

「それで、アンタはこの話を知っていたのか？　語り部のダニエル」

「我々を嫌っている彼女が話してくださるとでも？　初耳の話ばかりですよ」

そう言いながら、ダニエル・ド・ピエルスには全く動揺する様子が見られない。まぁ、それも当たり前か……こいつにとっては、本当に他人事だからな。欲しいのは転生者の知識であって、それが本人の記憶なのか、神に与えられたものなのかなんて、どうでもいいんだ、こいつは。

「なら、なぜここに？」

「それは彼女が研究するもう一つの知識が必要だからです。我々にとっても、そして陛下にとっても」

まさか、ここまでが前座だっていうのか……本当に頭が痛くなってきた。

解体者ヴァレンリール

翌日、俺たちは都市郊外にある小さな丘……その中腹に、案内されていた。

「都市の地下に古代文明の遺跡……どっかで聞いた話だな？」

渋々といった様子のヴァレンリールによれば、この一見、なんの変哲もない場所が古代文明の遺跡の入り口らしい。同行者はダニエル・ド・ピエルスとティモナだ。レイジーについては「研究者に紹介したかっただけだからもう帰っていい」と老エルフによって帰された。用が済んだからお払い箱という訳らしい。

そんな彼は「『アインの語り部』を討つ時は協力させろ」と言って主人のもとに帰っていった。たぶん俺が知らない因縁がこっちにもあるのだろう、レイジーとダニエル・ド・ピエルスの関係が決して良くないのは見れば分かる。

ちなみにこの男、過去の因縁から教えるのを嫌がったヴァレンリールに対し、「それ教えればばきっと研究費出してもらえますよ」と甘言で唆し、首を縦に振らせた。まぁ、俺としては転生者の研究してる時点で確保したい人材なのだが、俺にとっても都合良さそうなので黙っておいた。

「我らにとっては昨日の事のようです……長生きなので」

本当にいい性格してるなこの老エルフ。散々自分に対するネガキャンを行われた後なのに、平然としている。まぁ実際、俺は皇帝としてこいつらを切り捨てられないからなぁ。帝国にとって、あまりに有用だから。

帝都の地下にある遺跡は、エレベーターで入ったが……ここは少し違うらしい。鍵らしき魔道具で、ヴァレンリールが山肌に偽装された入り口を開いた。

どうやら、今まで見えていたのは幻影らしい。音もなく一瞬で、大人が五人ぐらい横並びで入れそうな、まるでダンジョンのような入り口が出現した。

奥は暗くて見えないが、ずっと深くにまで階段が続いているようだ。その地下から吹き抜ける風を感じる。

さて、これから地下に……というタイミングで、ヴァレンリールが俺に尋ねてくる。

「よろしいのですか、陛下。話によるとその者は転生者ではないようですが」

やはり近くにダニエル・ド・ピエルスがいるせいだろう、どこか苛ついた様子だ。

「あぁ。これからは知っておいた方が良いと思ってな」

今まで転生者関連の話はティモナの前ではあまりして来なかったが、どうせここまで来たなら一蓮托生だ。というか、今までは『アインの語り部』に俺が遠慮して、基本的には関わらせないようにしてただけだし。語り部の人間以外で転生者ではない転生者《ヴァレンリール》を知る例が出てきたので、その遠慮も必要ないと判断しただけだ。

それに、皇帝として前世の知識を利用したり、転生者を重用したりするのであれば、帝国の中枢に転生者がいることは他国の転生者にバレる。その時、俺ではなく側仕人ティモナの方を転生者として誤認してくれないかなぁという……まぁ気休め程度の思惑もあったりする。

「そうですか、では一から説明しましょうか」

「いや、いらないだろう。どうせティモナのことだ……既に大抵のことは知っている」

さすがに俺も付き合いが長いからな。ティモナがどういう人間なのか、ある程度分かっている。

この側仕人は、どうせ俺の違和感などとっくの昔に気付いていた。まぁ、ずっと一番近くにいるのだから、当たり前か。

そして気になることは調べ、知った上で黙っていたはずだ。転生者の存在も、俺が転生者であることも……ずっと前から知っていたと思う。だが主人である俺が言わない限り、自分が関わるべき事柄ではないと自主的に距離をとっていただけだ。

自分が知っておくべきと判断したうえで分からなければ聞く。分からなくても自分が知る必要のないことと判断すれば黙っている。ティモナはそういう人間だからな。

「空気読み過ぎだ。さすがの余も分かる」

俺はティモナにだけ聞こえるようにつぶやいたが、表情も変えずに一礼しただけだった。相変わらず、面白みのない反応だ。

「では、行きましょうか」

暗い階段を、魔道具のランプの灯りを頼りに降りていく。まるでゲームのダンジョンみたいだ……異世界に転生した身で言うとおかしいんだろうけど、ものすごく異世界を感じる。こう、古代文明関連のものだけ、別世界かのように感じるんだよな。

「それにしても長い階段だな」

「ここは人の来訪を想定した施設ではありませんので」

先頭を歩くヴァレンリールがさらに続ける。

「古代文明時代の遺跡の中でも、『プログラム』……つまり魔法がまだ生きている遺跡について、私は『ダンジョン』と呼んでいます……もちろん魔法が生きていなければ数千年前の施設など跡形もなくなっているので、発見される古代文明の遺跡は漏れなく『ダンジョン』なのですが。そしてこれらの施設は全て、当時なんらかの目的によって造られた施設です。帝都の地下は兵器の製造所でしょうね。皇国で発掘したものは自動採掘施設や研究施設でした。どの施設も共通して保存の魔法がかけられていましてね……数千年前のものとは思えない保存状況を保っているのですよ……失礼、また悪い癖で」

一方的に語ってしまいました、と詫びたヴァレンリールが、ランプを掲げる……いつの間にか階段も終わり、巨大な空洞が広がっていた。

「そしてここが……私の見解では『お墓』の『ダンジョン』だった遺跡です」

真っ暗な空洞に、彼女の声が反響した。

「やっぱり……そうじゃないかと思っていたんだがな」

確かに、ダニエル・ド・ピエルスが欲しがる知識だな……そして俺にとっても。おそらく、ダニエル・ド・ピエルスとしては彼女が必要な人材になるのは予想外だったのだろう。だから俺を頼った……この老エルフにも、見通せないことはあるんだな。

「ヴァレンリール……卿は、古代文明の遺跡を解体できるんだな」

「生きている施設を停止させただけです」

それが大したことでないかのようにヴァレンリールは言った。

「それでも、異常だ。余にはどの術式を壊せば施設を停止させられるのか、さっぱり分からなかった」

「個々の理論は分からなくても、役割くらいは分かりますからね。壊すのは簡単ですよ、直すのは絶対無理ですけど」

かつて俺は圧倒されたのだ。帝都の地下、教会下の古代遺跡にて……自分には全く分からない理論、仕組み……その圧倒的なレベルの違いに、恐怖すら抱いた。

解体しなければならない……そう感じるだけの恐怖を抱きながら、俺はやり方が分からなかったのだ。だから分かる、この女は天才だ。

「この遺跡は完全に機能を停止している……卿が一人でやったのか」

「はい、他の施設に比べたらやりやすかったですよ。動力源が本来のものではなく、『非常電源』になっていたせいか『セキュリティ』が簡略化されていました。その上で、古代の段階で何度か『墓荒らし』を受けていたみたいで……辛うじて生きているだけの施設でした。なので、『セキュリティ』系の魔法を停止して、動力源との『配線』を切断するだけで終わりました」

いや、天才という表現すら生ぬるいかもしれない。怪物だ……俺にはどの魔方陣がどの役割なのかすら分からないのに、この女にはそれが分かる。

「卿は何者だ」

「私は研究者ですよ。ただ、この手の施設は術式の解析だったり、中のものが持ち出されたりすることを防ぐために『セキュリティ』がかけられているんです。それだと研究に不都合なので、停止させるしかないんです」

しかも理由が、研究のためについでに止めているだけとは。間違いない、こいつの頭のネジはぶっ飛んでいる。

「はい、陛下」

すると突然、ヴァレンリールは俺の頭上に冠のようなものをのせてきた。

「これは？」

「副葬品の王冠です。被った人間の思考能力を低下させる魔道具ですね」

ヴァレンリールがそう言った瞬間、俺は背後から殺気を感じた。

「大丈夫だ、ティモナ。もう動いてない」

「おや、それも分かるとは。いっそ私の助手になりませんか」

これはヴァレンリールなりの冗談らしい。本人は楽しそうだが、ティモナのヴァレンリールに対する視線はとんでもなく厳しい。まぁ俺も、階段を下り切った時点で最大限までこの女に対する警戒心を上げているからいいんだが。

「こーゆーやつ、多いんですよ。魔法はイメージだから」

「……これも卿が停止させたのか」

俺が尋ねると、ヴァレンリールは何やら恥ずかしそうにもじもじとしだした。

「いやぁ、こうゆうの見ると構造とか術式とか気になって眠れなくなってしまってぇ。でも見るためには、一度解体するしかないんですよね、こういう魔道具は。ですが『オーパーツ』《魔道具》なので、今の技術だと修復できなくて……これ、おそらく君主を傀儡化するための王冠で、元宰相的には欲しいかもなぁと思いつつ、我慢できなかったんですよね」

……なるほど、どうやらこの女は命の恩人らしい。これ赤ん坊の頃に被せられていたら、俺は死ぬまで傀儡だったのか。

よし、決めた。この女はなんとしてでも囲おう。そして逃げようとしたら殺す。それくらいヤバい奴だ……四の五の言ってられない。

「『オーパーツ』はどんなものでも解体できるのか」

「えぇ、まぁ。さすがに物によって難易度が違いますけど。近づくだけで有害なものもあったりしますから」

……人造聖剣『ワスタット』、俺が危険だと判断したものの、どうしようもなくて放置しているあの元儀礼剣も、この女になら解体可能か。

「あ、でも戻すのは無理ですよ？　何度か試しましたけど、今の技術では絶対に無理なんです。そのせいで皇国からは夜逃げするハメになりました。なので、ここでは解体してもバレないように一人でやってたんです」

……もう驚かないぞ。こいつはなんでもありだ。

「他の『ダンジョン』も、機能を停止させることができるのか」

「えぇ、まぁ。どのダンジョンも、一定のダメージは受けていますから、脆弱になっている部分から潰していけば、おそらくできますよ」

ああ、そうか。俺たち転生者は、所詮転生しただけの存在なんだ。ただ前世の記憶があるから、アドバンテージを持っているだけに過ぎない。それだけの存在……本物の天才には敵わない。しかも目の前にいるのは、転生者の知識を学んだ天才だ。

俺たち転生者はこの世界の肥料か……まぁいいや。

「それで、あのう……そこのエルフに洗いざらい吐けば雇ってもらえると言われたんですが、どうでしょう。雇っていただけますかね……」

「……は?」

「えっ」

いや、何言ってんだコイツ。

「……たしかに、余の下にはまだ古代文明や転生者関連の研究者がおらぬ。枠が空いているな」

「そ、それでは私めを是非!」

「余は『ダンジョン』も『オーパーツ』も、大抵は解体するつもりだ。できるか?」

散々、自分の有用性と替えの利かない人材であることを提示していただろう……自分の価値をここまで高めて、しれっと俺の命も救っていたというアピールまでして、もう言い値で自分を売りつけられるところまで持っていって、「雇っていただけますか」だと?


「えっと、そのデータは……」

「解体するなら、被害の出ない範囲なら好きにしろ」

「はい、もちろんです! 雇っていただけますか⁉」

こいつは馬鹿なのか……? ダメだ、思考回路が理解できない。怖いよ、この女。

「良い返事だ。余も転生者を知る話し相手がちょうど欲しかったところだ。ならばいっそ、余の宮廷に来るか。帝都には来てもらうことにはなるが、研究員として安定した収入を約束しよう。三食も付いて、蔵書も好きに見られるぞ」

俺は他に、遺跡を解体できる人間を知らない。古代の魔道具を解体できる人間も知らない。言ってしまえば特殊技能だ。ほぼオンリーワンに近い技術を持っているのだから、普通に雇おうと思ったら宮中伯ぐらいに叙してもおかしくない。

それをただの研究員とは我ながらひどい条件だ……格安なんてレベルじゃない。普通はこの程度の待遇じゃ雇えない。

「行きます！　さすが陛下、太っ腹！」

……こいつ、イカレてるよ。頭いいんだか悪いんだか分からない。

馬鹿と天才は紙一重ってこういうことだろうな……いや、その分給料は弾むけどさ。

本当に、疲れた。

戦後処理と改革の準備

冬になった。この間に、俺は帝都に帰還し、諸侯によって帝国はほとんどが統一された。ラウル地方に限らず、ラウル派として敵対していた諸侯は完全に平定されたし、アキカール勢力として挙兵した一部諸侯についても、俺が寛容な処置をすると約束したところ、あっさりと降伏した。

結局のところ、あのシュラン丘陵での戦いで全てが変わったのだ。それまで強いと言われていたラウル公が兵力有利にもかかわらず敗れ、その当主は戦死。一方で、なんの実績もなかった皇帝は、自ら戦陣に立って兵数も質も劣勢な状態で勝利した。

あの戦い以降、敵対していた諸侯は俺に敵わないと判断した。そして俺が許す姿勢を見せたことで、一斉に帰順した。

降伏しなかったのは、自分が許されないと自覚している連中たちだ。もちろん、俺だって全ての貴族を許すつもりはない。見せしめは必要だ……国を支配するためには、時に恐怖も必要なのだ。

具体的に言えば、アキカールの三勢力。『アウグスト派アキカール』、『フィリップ派アキカール』に『旧アキカール王国貴族』だ。とはいえ、『アウグスト派アキカール』と『フィリップ派アキカール』に与《くみ》していた帝国北西部の諸侯は、既に帝国に降伏している。

さらに、所領を失ったり、未来はないと判断したりした旧アキカール王国貴族も続々と降伏してきている。今彼らは、帝国南西部の狭い範囲で、将来性のない泥沼の争いをしている。正直、今の諸侯の規模なら潰せそうではあるんだが……窮鼠猫を噛むというからな。時間をかけて、じっくりと潰せばいい。

あとは、俺が傀儡だった頃に独立を宣言した貴族連合……テアーナベ連合が依然として独立を維持している。だがここについては、黄金羊商会が海上の交易船を攻撃していたり、周辺国と帝国が協力して交易を妨害していたり、相当なダメージは与えられている。とはいえ、まだ官僚制度が未発達だから、完全な経済封鎖は難しい。取引するなといっても小規模な商人まで完全に制御はできないのだ。

他に降伏しなかった貴族で言うと、ブンラ伯爵領・ヴォッディ伯爵領・ディンカ伯爵領・ヴァッドポー伯爵領だな。ただ、この四つの伯爵領についても平定が完了したことで、俺はようやく一区切りとして功ある諸侯を集めたのだった。

ちなみにこの四つの貴族家に関する顛末を言うと……まず、ブンラ伯家。ここの当主、ユベール・ル・アレマンは元々、近衛長だったのだが……即位式の後、拘束したついでに解任している。その後、釈放される領地の息子たちや配下の貴族らに帰還を拒否される。これは立地が悪かったな。何せ、ここはワルン公爵領の隣だ。現地の貴族はワルン公と戦うために、速やかに彼の息子に権力の引継ぎを完了させていた。

まぁ、それが分かったから解放したんだが。そして居場所がなくなった彼は、実はシュラン丘陵での戦いに参戦していた……しかも俺らの側で。ただ、戦闘の序盤も序盤で不利と判断したのか逃亡。しかし、不運にも遭遇した盗賊に襲われ死亡した。実に不運な出来事だった。その密偵……じゃなかった、盗賊は現在も行方不明である。んで、彼を追い出していた息子たちは爵位の「僭称」と見なされ処刑。当主も不慮の事故で亡くなったため、継承者不在として取り上げになった。

次にヴォッディ伯爵領。ヴォッディ伯だったゴーティエ・ド・ヴォッディは元宮内長官だ。もちろん、即位の儀の後、すぐに解任しているけど。ここは降伏勧告も無視して戦い続けたため、戦後に所領取り上げとなった。

ただその代わりとして、一族自体は貴族として助命した。これは正確に言うと、「領地を返上する代わりに許してください」と彼らが謝ったので、許した形式だな。まぁ、彼らとしても一族郎党皆殺し……なんてことにはなりたくないし、できれば貴族のままでいたい。こっちとしても、領地が回収できる上に穏便に引き継げるからな。いい妥協点だろう。

ヴォッディ家は現在、子爵家になっている。抵抗していた割には寛大な処遇にしたのは、ここがブングダルト人じゃなくてロタール人貴族で、そのロタール系貴族から請願が来たからだ。口出ししてくるあたり、忌々しいなとは思うが……今はまだ無視できない。

まぁ、男爵家も子爵家も俺としては大差ないし。あぁ、それと当主はシュラン丘陵での戦いに参戦していて、戦死している。石に吹き飛ばされていたが、奇跡的に確認できたのだ。

そしてディンカ伯爵領。ディンカ伯サリム・ル・ヴァニーユは元侍従財務官……つまり摂政派だった貴族だ。こいつは国庫の横領容疑で取り調べられていたな……まぁ、その犯人はイレール・フェシュネールだったんだけど。ただその間、当主不在の領地で息子が継承。皇帝派と敵対した。

その後、ヌンメヒト伯女シャルロット・ド・ダリューの軍勢に敗れ、一族は大半が逃亡。残されたサリム・ル・ヴァニーユは、全てを失った。家族も領地もな。だから彼については、ヴォッディ家と同じく、男爵への降格で助命した。

んで、最後にヴァッドポー伯爵領。ここはまぁ、色々とあったな。

・前ヴァッドポー伯はカルロス・ル・ヴァッドポー。これは侍従武官だった男だ。

そう、この男はヒシャルノベでの事件で、傀儡時代の俺の護衛を自ら買って出ながら、真っ先に逃亡した男である。彼は爵位を長男に譲った上で隠居という寛大な処遇に処された。その長男がゴードン・ル・ヴァッドポーで、彼は即位の儀の後に帝都で拘束されていた。

その間に、領地で隠居していたカルロスが権力を奪取、ヴァッドポー伯を僭称した。これはまぁ、俺としても迂闊だった。もう俺の中で過去の人間になってたからな……まさか再び這い上がってくるとは。

だから俺も巻き返しのためにゴードンを解放したんだが、領地に着くや否や実の父親に殺されたらしい。どうやら、自分の権力を奪った人間として息子を恨んでいたらしい。いや、お前の不始末押し付けられて大変そうだったんだけどなぁ。かわいそうに。

そういう事情もあり、カルロスは最初っから皇帝派に降伏するという選択肢がなかった。そして皇帝派についたアーンダル侯に猛攻を仕掛けていたようだ。

彼らはアーンダル侯を戦死させ、領地を占領することに成功するも、肝心のラウル僭称公がシュラン丘陵で敗北。その後も長いこと抵抗していたが、最後は夜逃げ同然に逃亡し、おそらくテアーナベ連合に合流したと思われる。ちなみに、シュラン丘陵での戦いを除けば、今回の内乱でもっとも多くの被害が出たのが、このヴァッドポー伯領平定戦である。そこまで粘り強く戦えるなら、巡遊の時に逃げなきゃ良かったのにな。

そういった背景もあり、ヴァッドポー伯爵に関しては諸侯の強い要望で爵位を没収することになった。


この没収した四伯爵家に、宰相が保有していた下ラウル公爵領・エトゥルシャル侯爵領・ルーフィニ侯爵領、彼が占領していたベリア伯爵領……これが今、一時的に俺が預かっている領地である。

うん、広すぎ。これだけ一気に直轄領が増えても管理できないし、当然諸侯の不満がたまる。独占は嫉妬を生むからな。だからこれから俺は、戦後処理としてこれらの領地を分配しなければならない。

普通はこのまま、今回の内乱で功績の大きかった順に領地を分配していくんだが……俺はその前に、いくつかの決定を下した。


まず一つは、ベリア伯爵についてである。ここは俺が生まれた直後に発生した『三家の乱』で不当に反逆者として処断され、断絶した一族である。だが俺は『三家の乱』について、直々に不当な判決だったという判断を下し、名誉挽回を約束している。そして同じく『三家の乱』で断絶した三つの家のうち、ラミテッド侯爵については傍流ながら生き残りであるファビオを継承者として認め、復活させている。

だから俺は、傍流でもベリア伯を復活させたいと思っている。今は血縁関係にあって、継承権のもっとも高い人間を探し回っている。これは時間のかかる作業だろう……何せ、反逆者の汚名を着せられ、族滅といっていいほど殺されたのだ。平民になっている可能性が高いし、そもそも国外にいるかもしれない。

そういうことで、ベリア伯爵領については皇帝が一時的に保有し、継承者が決定次第引き渡すことになった。これは諸侯の同意も得ている。


そしてもう一つの決定……それは下ラウル公爵・エトゥルシャル侯爵の『分割』である。

そもそも、この二つの領地は少し広すぎる。このまま誰かに与えると、また力が集中しすぎることになりかねない。今代は良くても、将来的に第二の宰相が生まれかねないのだ。

だから俺は、この称号を細分化することにした。下ラウル公爵位は暫定的に一つの侯爵位と四つの伯爵位に、エトゥルシャル侯爵領は三つの伯爵領に分割することにした。わざわざ暫定としたのは、いずれさらに細分化するつもりだからだ。

この領地境界については、川などを基準として暫定的なものを引いているが、正確な境界については調査の上で結果を出すということにしている。まぁ時間はかかるだろうが、反対する貴族はいなかった。それくらいの権力は握れたからな、俺。


そして、論功行賞が始まった。

＊＊＊

帝都の宮廷にはその日、即位の儀以来はじめて貴族が集まっていた。

「これより、此度の戦役において特に功あった者を呼ぶ。呼ばれたものは、前へ来るように」

玉座に座り、俺は平伏する大貴族たちを見下ろしていた。部屋に入れない中小貴族は別室で待機しているが、伯爵位までの貴族はほとんどこの部屋にいる。もちろん、一部は代役もいるが、ほとんど貴族本人が来ている。

これは、今が冬だからできることだ。積雪もあるこの国において、冬の間は軍隊の行動が著しく制限される。冬の間は、ほとんど戦争が起こらないのだ。だから貴族はみな、領地を離れて宮廷に集まっている。ワルン公はもちろん、チャムノ伯だって来ている……彼については、本当に久しぶりに会う気がする。


「勲功、序列一位。リヒター・ドゥ・ヴァン＝ワルン」

隻眼の武人が、玉座の前まで来てゆっくりと跪く。それを見て、俺はワルン公の功績などを読み上げていく。

まぁ、一番実力のある貴族だし、色々と精力的に働いてもらったからな。この男を除いて誰を第一功にしてもかどが立つだろう。帝国元帥だし、それに見合うだけの働きはしてもらったからな。

あと、彼が任命した『軍監』エルヴェ・ド・セドラン子爵や、ナディーヌの功績も全部ワルン公の功績ということになる。だからそれはもう、とんでもなく多い。

「……以上の功をもって、卿には新たにルーフィニ侯爵、およびブンラ伯爵の称号を与える。これからも余のため、帝国のために忠義を尽くすがよい」

俺の言葉を聞き、ざわめきがかすかに広がる。まぁ、この辺は本人には事前に相談したり通達してたりするが、外野は知らないからな。ただまぁ、このざわめきの小ささからするとそれほど予想外のことではなかったかもしれない。

ちなみにこれは、ワルン公本人との相談の結果決めた褒美だ。公爵の要望は「飛び地だけはやめてほしい」だったので、地続きになるよう領地を与えた。元から公爵だった人間に、侯爵領と伯爵領を一つずつ与えても平気なのか、第二の宰相にならないのかという不安もあるが……まぁ、大丈夫だと思う。

これはもちろん、ワルン公という人間を信用しているというのもあるが、それほど「美味しい」領地ではないからな。ラウル公爵家の長年の内政により産業が発展し経済的に豊かになった下ラウル公領と比べ、ブンラ伯領もルーフィニ侯爵領も、ほとんどが穀倉地帯……言ってしまえば田舎なのだ。ワルン公的には兵を食わせるために嬉しいかもしれないが、それほど稼げる名産品はない。ルーフィニ侯領の北部は少し製紙業が強いが、それでも競争相手が多く、独占とはならない。

「勲功、序列二位。チャムノ伯マテュー・ル・シャプリエ」

俺が読み上げると、少しだけ外野がざわめく。まぁ、チャムノ伯にはほとんど領地を防衛してもらってたからな。ただ、ヴェラ＝シルヴィの父でもあるので、彼女の功績も合わせて彼に下賜される。そこから、彼がまた分配して陪臣に褒美を渡すのである。

だからさっきの例でいえば、俺からエルヴェ・ド・セドラン子爵に直接褒美を与えてはいけない。それは引き抜きと見なされるからだ。……まぁ、もちろん時と場合によるんだけど。

さて、チャムノ伯についてだが、彼には即位の儀以前の功績も含めて読み上げている。まぁ、これくらいしてワルン公の対抗馬になってもらわないと、俺にとってもワルン公にとっても不幸なことになりかねないからな。

「……以上の功をもって、卿には新たにコパードウォール伯爵、メディウス伯爵の称号を与える。付随して、前コパードウォール伯爵、ロジェ・ル・ユーグにはエトゥルシャル・セイ伯爵の称号を与える」

俺の宣言を聞き、今度は大きめのざわめきが生まれる。まぁ、これは仕方ないな。自分でも、ちょっと特殊な処理を行った自覚はある。

この国では、日本の安土桃山時代とか江戸時代の『国替え』のような、領地の転封はほとんどない。だが今回は、それも絡んでいるからな。

まず、摂政の愛人だったコパードウォール伯爵ジャン・ル・ユーグについてはいいだろう。謎に同じ塔に幽閉されることを志願し、謎にそこで死んだ。そして俺たちは、どさくさに紛れてコパードウォール伯爵領を占領した。その中で、コパードウォール伯爵家には二つの派閥が生まれた。一つは俺と敵対する道を選ぶ勢力、もう一つは皇帝に全面的に従う勢力。ジャン・ル・ユーグの長男と次男は進駐していたチャムノ伯に敵対し、三男のロジェ・ル・ユーグはチャムノ伯に協力した。

結果、ロジェ・ル・ユーグが爵位の継承を認められた。

ただまぁ、なんのお咎めもなしとはいかなかった。本人は協力したとはいえ、家としては分裂した上、その平定に帝国も力を貸したし、本人は功績をさほどあげられなかった。だから別の土地に領地替えすることになったのだ。

チャムノ伯には地続きでコパードウォール伯領を、飛び地として旧下ラウル公爵の中央、メディウス伯爵領を与えることになった。ちなみに伯爵領としているが、メディウス伯爵領は余裕で侯爵領クラス、下手すると公爵領レベルに近い発展をしている。

一方で、ロジェ・ル・ユーグに与えた旧エトゥルシャル侯領南部、エトゥルシャル・セイ伯領もそれほど悪い領地ではない……復興すればコパードウォール伯領よりいい収入になるはずだ。まぁちょっと逸った馬鹿たちが略奪をしてしまった都市が集中しているので、復興は必要だが。

「またこれからも余のため、帝国のために忠義を尽くすがよい」

ワルン公が暴走しないように、チャムノ伯にはちょっと多めに領地を与えることになった。その代わり、与えたのは全て伯爵領……実力では並べそうでも、貴族の序列としては低い……そういう調整で落ち着いた。


「勲功、序列三位。ゴティロワ族長ゲーナディエッフェ・ラ・ゴティロワ」

俺は二人の元帥に並ぶ勲功者として、ゴティロワ族長をあげた。ただ、今日は彼は来ていない。代理の者だ……ただブングダルト人と変わらぬ身長的に、族長の一族の誰かだろうな。

ちなみに、この序列は十位までつけるのが伝統らしい。大きい戦争とかの後は、こうやって論功行賞を行うのが、ブングダルト人の文化なんだとさ。そして序列十位から先は、順序をつけずに褒美を与えていく……のだが、まぁ呼ばれた順番で評価されていると受け手は感じるらしいから、この順番というのがとてつもなく気を遣う。

俺は一月近く悩んだぞ……だって、金銭だけの褒美でもまとめて読み上げるからな。

「……以上の功をもって、ゴティロワ族長を将軍に任じる。以上だ」

またしても場内が騒めく……しかし今回は、驚きというよりほっとした様子が多いようだ。序列三位とは思えない褒賞のなさだからな。まぁ、俺は事前にゲーナディエッフェと意思の疎通ができてるんだけど。

ほんと、ゴティロワ族のこと嫌いだよね、君たち。俺はろくに働かない中小貴族より、蛮族といわれようがゴティロワ族の方が信用できるけどね。

あと、多くの貴族は気付いていないようだが、俺がゴティロワ族長を将軍に任じたのはかなり大きい意義がある。まぁ、それは今はいいか。

「次だ。勲功、序列四位……」

そこから先も、どんどん褒美をあげていく。序列四位はアーンダル侯だ。とはいっても、本人は戦死している……だからこその序列四位なのだが。

別に生前、俺と交流があったとかではないが、俺が勝つと見越して命がけで戦った……そんな彼の働きを俺は大きく評価する。彼が脱出させた二人の息子のうち、兄の方にはアーンダル侯爵を継がせたうえで、旧エトゥルシャル侯領北部においたエトゥルシャル・ドゥデッチ伯領を与えた。地続きだし、面積的にはエトゥルシャル・ドゥデッチ伯領の方が大きいかもしれないから大出世と言えよう。まぁ、領地が広いかどうかより、人口とか生産品とか、そういうのも総合的に見て爵位のランクは決めているからな。

そして弟の方には、宮中子爵として領地はないものの、独立した家の当主となることを認めた。二人ともまだ若いという不安はあるが、若い貴族や帰参したての貴族に「命がけで戦えば出世できるぞ」という実例を見せるためにも、必要なことだと割り切ることにした。

序列五位は財務卿……ニュンバル伯ジェフロワ・ド・ニュンバルだ。彼についてはまぁ、今回の内乱だけでなく、過去十年以上にわたる感謝も込めて、序列評価以上の褒美を与えることにした。まず、領地を変更。旧エトゥルシャル侯領中部のエトゥルシャル・セント伯領と、旧下ラウル公領北部インデクス伯爵領を与えた。ちなみに、インデクス伯領は鉄が大量に産出するので、面積以上に稼げる土地だ。そしてこの二つの伯爵領を合わせて、ニュンバル侯爵領を新設。彼を初代ニュンバル侯とした。これはかなり異例のことだ……新設した爵位の名前に関してもね。

あと宮内長にも任じた。ついでに式部卿を廃止して、あの男がやっていた仕事……宮中儀礼・行事系の采配も全部、宮内長の職務として統括した。

決して文官が足りないから押し付けたわけではない。うん、きっとそうだ。

ちなみに、今回の諸侯に対する接待や、夜に行われる晩餐会についての采配も、既にニュンバル伯……じゃなかった、ニュンバル侯に丸投げしている。


次に序列六位、マルドルサ侯にはディンカ伯領を与え、序列七位エタエク伯には旧ニュンバル伯領改め、ノイブル伯領を与えた。こっちは俺がつけた名前とかではなく、ニュンバルの別言語での読み方だ。ちなみにエタエク伯も代理出席である。


そして序列八位に、ヌンメヒト女伯……シャルロット・ド・ダリューだ。元々、ヌンメヒト伯はジョゼフ・ド・ダリューだったのだが、彼は一度終身刑の判決を受けていた。しかし娘に爵位を譲り、さらに継承権を放棄するという条件で恩赦を与えた。これは当初の密約通り、シャルロット嬢が望んだことだった。

また、彼女への褒美は、かなり異例の厚遇だったため場内は騒然となっていた。まず、女性が伯爵になるというのはそう多いことではない上に、ヴァッドポー伯領も与えた。そして過去、一度も女性がなったことのない宮中官職へと任命した。それが内務次官だ。

元々、ヌンメヒト伯ジョゼフ・ド・ダリューは内務卿だった。だが彼に終身刑の判決を下した際、その宮中官職を取り上げていた。だから戻しただけといえるかもしれないが、さすがに女性をいきなり内務卿に任命するのは、猛反発されることが簡単に予想できた。まぁ、俺としては別に任命しても良いんだが、それで苦労するのは彼女の方だからな。だからまずは次官に任命して、実績を積み上げてもらったうえで内務卿に任じようと思う。

彼女が頑張れば、他国で燻っている優秀な女性が仕官してくれるかもしれないしな……期待も込めての大抜擢だ。男尊女卑気味な価値観の世界だから、そういう人もまだまだいると思うんだよね。

……まぁ、イレール・フェシュネールとか、ヴァレンリールとかクラスのヤバい人はそうそういないと思うけど。


序列九位はアトゥールル族長ペテル・パール。彼については、序列九位でもほとんど騒がれなかった。アトゥールル族も異民族なんだが、かなり活躍したので順当な評価だと思われているようだ。

アトゥールル族に対しては、皇帝直轄領内で遊牧をする許可を出した。その他、色々な特権も与えた。まぁ、特権といっても都市に住んでいる市民と同じ権限なのだが。それでも、これまで根なし草の平民同然の扱いだった彼らが、市民と同等の身分が約束されるようになったのは大きいはずだ。これについても、反発はなかった。

というか、異教徒で異民族でも意外とアトゥールル族はそこまで嫌われていないっぽい。なんというか、恐怖心はあるが嫌悪感は少ないといったところだろうか。まぁ、ゴティロワ族が嫌われてるのは、聖一教の余計な記述のせいだしな。

そして序列十位にラミテッド侯。彼については丘陵の工事でやらかしているから低めの序列だ。

褒美はヴォッディ伯領と、宮中官職の中でも名誉職に近い騎兵長官だ。ヴォッディ伯領はかなり小さい領地だが、名産品なども含めるとそれほど悪くない土地である。何より、ラミテッド侯領の隣だしな。

それから先は序列十一位以下なので、序列を読み上げることなく呼んでは褒美を与えていく。ブルゴー＝デュクドレー、サロモン・ド・バルベトルテ、バルタザール・シュヴィヤールらは、領地こそないものの宮中貴族として叙していく。特にバルタザールは新しい男爵家の始祖となり、以後バルタザール・ド・シュヴィヤールとなった。あと、バルタザールは近衛大隊長から正式に近衛長となった。まぁ、シュラン丘陵で俺の隣に立って突撃し、その武勇は噂になっているからな。それくらいの抜擢は問題ない。

ちなみに、サロモンへの叙任はちゃんとベルベー王国から許可を得ている。これは引き抜きではなく、彼の立場はベルベー貴族兼名誉ブングダルト貴族となる。

そして、ティモナ・ル・ナン。ただの側仕人としてはかなり早く呼ばれた方だが、ティモナにはシュラン丘陵で劣勢だった部隊を指揮し、立て直して敵を撃退したという功績がある。その割には褒美は控えめの、金銭のみとした。まぁ、嫉妬や批判を受けないように最初の褒賞は控えめの方がいい。

それと、ドズラン侯。こいつも金銭のみの褒美だ。まぁ、流石に額は多めにしたけど。ここから下は、あまり働きの多くない人間や遅くに帰順した貴族が並んでいく。

ちなみに、ヴォデッド宮中伯は今回の論功行賞の対象に入れていない。本人がそれでいいといったからな……俺としても、けじめの意味を込めて今回はスルーだ。

「以上。そして本来であれば、これをもって論功行賞を終わる……というところだが、余は今回に限り、そうは言わん。なぜなら、まだアキカール及びテアーナベの平定が終わっておらぬからだ。全ての論功行賞は帝国を真に再統一した時に。それまで諸侯、より一層気を引き締め帝国に忠義を尽くせ」

いくつか、暫定的に直轄領としている領地も残っている。旧下ラウル公領北東部にある南北二つのポレクス伯領（合わせて便宜上、ポレクス侯爵領と呼ぶ）なんかは金の一大産出地だから絶対に直轄領として押さえるが、それ以外の領地についてはいつでも褒美として与えるつもりだ。なんなら、元からの皇帝直轄領を削ったっていい。それに見合うだけの功をあげればな。

「はっ」

諸侯が一斉に頭を垂れたところで、俺にとって初めての正式な論功行賞は終わったのだった。

皇帝、結婚するってよ

論功行賞が終わり、帝都では晩餐会だの、社交パーティーだのが連日行われている。冬は昔から社交シーズンらしい。理由は農閑期で仕事も少なく、兵が動くことも少ないから。貴族が農作業をすることはほとんどないが、農民を監督したり、税の徴収をしたりっていう仕事は冬に入る前に終わる。そして積雪のある帝国は、冬の間は戦争が起きることも少なく、貴族たちも安心して領地を空けられる。

今も帝都の貴族の邸宅や宮廷の一部で、やれダンスパーティーだの、やれ食事会だのが行われている。まぁ外は寒いから、屋内でダンスをして体を動かすっていうのは、案外理にかなってるんじゃないだろうか。

そして今シーズンの社交界では、特に今回の内乱で活躍したワルン公やチャムノ伯なんかが引っ張りだこらしい。

そして俺はというと、そう言った社交の場には顔を出さずに、宮廷に引きこもっていた。

……別に、サボっている訳ではない。確かに、ダンスなどは面倒だが、こう見えてもちゃんと人並み以上に踊れるのだ。宰相や式部卿も、乗馬とダンスは学ぶのを許していたからな。

ただ、俺が一か所に顔を出すと均衡を保つために複数のパーティーに顔を出さなければいけなくなるからな。それはさすがにめんどくさい。

それに……今回の内乱で共に戦った諸侯を除けば、中小貴族にとって俺は未知の存在だ。暴君かもしれない。暗君かもしれない……そう怯える彼らは、俺に招待すら出していない。この冬は様子見ってところだろう。

「それで、財務卿……例の準備はどこまで進んでいる」

それに、貴族にとっては暇な冬も、俺にとっては大忙しだ。


春になれば……雪解けとともに全てが動き出す。それは貴族たちだけではない。農民だって商人だって、雪解けを合図に一斉に働きはじめる。だからこの冬の間に、内政の改革や法の改正を行ったり準備したりして、雪解けに間に合わせなくてはならない。

「はい……金貨の造幣設備は復旧を完了し、技術者についても拘束しています。後は鋳型の数さえ揃えば新貨幣の発行は可能です」

愚帝と呼ばれた六代皇帝の時代、金貨と銀貨の造幣施設及び技術者はラウル公とアキカール公のもとに持っていかれた。これが、連中が帝国内でも圧倒的な権力を握れた理由の一つだ。

だが俺たちは今回、ラウルを平定し金貨の造幣能力を手に入れた。あとは新貨幣の元型が量産できれば、すぐに新貨幣を造ることができる。

新しい貨幣を発行し、流通させることに「成功」すれば、帝国の財政問題は解決するだろう。

「ただ、細心の注意を払っておりますので……春には間に合わないかもしれません」

「そうか……」

逆に、失敗……つまり、新貨幣を発行しても、誰にも利用してもらえなかった場合、帝国の財政は再び大ダメージを負うだろう。

　この辺の経済については、正直思い通りにできるとは思っていない。前世でも、完全なコントロールはできていなかったはずだ。大恐慌、ハイパーインフレ、〇〇ショック……それらの知識は、俺の記憶にはほとんどない。財務卿も、財政管理の専門家であって経済学の専門家ではない。

「間に合わなくても仕方ない。現状通り、流出や偽造がないよう、信頼できる一部の者にだけ作らせろ。宮中伯、監視体制はどうなっている」

「既に万全のものを整えさせていただきました。ただし、長期的に人員がとられるので、全体的な諜報能力は低下いたします」

「仕方ないな。防諜を優先し、その他の業務の優先度は下げよ。それと、アキカールに張った諜報網も引き上げさせていい。そこは諸侯に任せる」

　貨幣の価値は、信用で決まる。偽造されるリスクがあると判断されれば、商人は新貨幣を誰も使わないだろう。そして商人が取引に使ってくれなければ、新貨幣はゴミ同然になってしまう。


　そして資料を見た財務卿が、不思議そうな様子で尋ねる。

「しかし……本当にこのような『消極的』な改革でよろしいのですか」

　今回、俺が発行すると決めたのはたった二種類。金貨と銀貨それぞれ一種類ずつだ。

　現在の帝国で、真っ当に価値が評価されているのは『帝国通貨』と呼ばれてきた金銀貨だ。そのレートは『大金貨一枚＝小金貨四枚＝大銀貨四枚＝小銀貨四十枚』……これが現在、民間で一般的な交換割合である。これが現在の、帝国における金銀の価値といってもいい。

そして新たに発行するのは、あえて名称をつけるなら「中金貨」と「中銀貨」だろう。予定している交換比率は、大金貨一枚に対して中金貨二枚。大銀貨一枚に対して中銀貨五枚。つまり、現在の金銀貨それぞれの中間をとった貨幣にするつもりだ。

新貨幣発行とは言っているが、まったく新しい通貨というより、あくまで現存する帝国貨幣をより使いやすくするための補助的な貨幣を導入しようとしているわけだ。

ちなみにこの価値は、金銀の含有量に合わせている。

「本当は銅貨も発行したかったのだが……それに見合うだけの銅の確保がまだだからな。銅鉱山の産出量もすぐには増やせないし、輸入するにしたって近頃『黄金羊』は忙しいらしいからな」

まぁ、銅貨の発行はまた今度になるだろう。ちなみに、黄金羊のイレール・フェシュネールが最近帝都に顔を出さないのは、おそらく交易先で何かあったのだと思う。貿易品目の報告書から推測するに（黄金羊の報告書を信用するならだが）、中央大陸で大規模な戦争が起きているようだ。ただ、連中がその対応に追われているのか、あるいは逆に新しい商機だと熱心になっているのかは分からない。これが現状の、帝国と奴らのパワーバランスだ。

「ですが陛下、少なくとも金鉱脈は押さえたのですから、もう少し造幣することは可能ですぞ」

財務卿の言い分も一理ある。俺が直轄領とした南北二つのポレクス領は金の一大産地、その金を使えば、もっと大量の金貨を発行することが可能だ。

「いや、今回の目的は『信用』を得ることだ。むしろ帝国通貨を基準とする姿勢を前面に押し出した方が、商人たちは受け入れやすいだろう」

ラウル公もアキカール公も、自分たちの都合で貨幣を発行し、一切信用されずその価値を保てなくなった。だから彼らは、その後ラウル金貨やアキカール銀貨の含有量を帝国通貨とほぼ同等に戻している。しかし国内外の商人からは「信用」をしてもらえず、ゴミ同然の価値のままとなってしまった。

俺は同じ轍を踏まないために、慎重に貨幣を発行したい。

「要は『置き換える』のではなく、『慣れさせる』のが目的なのですね」

「そういうことだな」

同じ含有率で『大金貨』を造って「今日から新しい方を使え」と言っても、商人は従来の大金貨の方が信用できるとして使わないだろう。そうなれば新貨幣は流通しない。流通しなければ、額面通りの価値を保てない。

だからまずは既に信用されている従来の帝国貨幣と併用できるように、補助的役割を与えるのだ。


「しかし財政が……」

「それは我慢してくれ。この改革は今の財政を好転させるものではなく、将来へ向けた布石なのだ」

六代皇帝が造幣所を引き渡した時、流出を防ぐために帝国通貨の『型』は処分されてしまっていた。だから実は『帝国通貨』は、新しく造ることができない。

まぁ皮肉なことに、新しく造れないからこそ「含有量の変化がない＝安定している」として、信用度の高い貨幣になっているんだが。

そんな事情もあり、今はまだ一定量が流通している帝国通貨だが、数十年、早ければ数年後には足りなくなるだろう。そうなる前に、まずは中金貨・中銀貨を「信用」してもらう。その後、今度は中金貨・中銀貨への「信用」で「新大金貨」などを発行し流通させる予定だ。

「それと今回の政策の柱はもう一つ。新貨幣を流通させるために、貨幣の『交換』を帝都で受け入れる」

「これですか……本当に上手くいくのでしょうか」

財務卿が不安がるのも無理はない。この交換とは、ラウル金貨、アキカール銀貨を帝都で帝国通貨に両替するというものだからだ。

これまで、ラウル金貨もアキカール銀貨も、他国の商人には使われない貨幣だった。ではなぜ発行し続けたかというと、それはラウル公とアキカール公の勢力圏内に限り、彼らの命令に逆らえない商人たちが使用していたからである。

つまりそれぞれの領内に限り、この二つの貨幣は生きていた。だがラウル公は消滅し、アキカール公も虫の息……この状態では本当にこの二種類の貨幣を交換してくれる相手がいなくなり、貴族や商人の多くは本当にゴミ同然になったラウル金貨やアキカール銀貨を持て余している。

それを今回、新貨幣の発行タイミングで帝国の方で「受け入れる」というものである。これはラウル公がかなりの量の帝国通貨をため込んでいたこと、そして黄金羊商会からの融資と彼らが食料や武器弾薬を買い入れた際に支払った代金がかなりの額になることから可能となった。

「せっかくの帝国通貨を、手元に置かずに放出するなど」

「ただの慈善でもない。資料にある通り、この政策にはいくつかの狙いがある」

まず、この交換を認める対象について。全ての相手という訳ではなく、最優先は今回の内乱で帝国に金を貸してくれた商人だ。この数はそれほど多くない。

これは帝国に金を貸せば、今後もこうして「良いこと」があるかもしれないとその他の商人に思わせるための撒き餌だな。

次に、春以降に行ういくつかの改革、これを受け入れた貴族及び商人に対して、この交換を許可する。つまり、「使えない硬貨を使える硬貨と交換してあげるから、代わりに帝国の言うことを聞いてね」という訳だ。


あと、回収したラウル金貨、アキカール銀貨は溶かして中金貨・中銀貨に再利用するつもりだ。

ラウル金貨とアキカール銀貨の最大の問題点は、「途中で含有量を変えたこと」だと思っている。

だからいっそ、すべて回収して新しい貨幣にしてしまおうということだ。

商人や貴族にとっては、「ゴミ同然の硬貨を真っ当なお金と交換できる」し、帝国からすれば「金貨・銀貨の材料を買い取っている」ようなものだ。もちろん、手間も時間もかかるが、丸っきり損するという訳でもない。

「何より重要なのはこれ、『交換の際は半額を従来の帝国通貨、もう半額を新しく発行する中金貨・中銀貨での交換とする』だ」

これにより、強制的に中金貨・中銀貨を流通させるのだ。そのうえで、従来の帝国通貨だけ使って新貨幣は死蔵するなんてことが起きないように、帝国がこの先する借金も、半額は従来の帝国通貨、もう半額は新通貨で借り入れることにする。

「また借金をする前提なのが非常に不本意なのですが」

「安心しろ、聖一教では借金は『悪』ではない」

ちなみに今現在、商人たちはかなり簡単に金を貸してくれるようになっている。これはシュラン丘陵での戦いに勝利した影響で、彼らが「今の帝国なら貸しても返ってくる」と判断したからだ。

この先も勝利し続ける限り、この状況は続くだろう。あと、もう巨額の借金あるんだから多少は増えても誤差みたいなもんだろう。

「新しい貨幣については慎重に、それ以外については大胆な改革ですな」

「まぁ、そんなところだ。では次の改革について……」

俺は諸侯に、予定している改革について次々に提示していく。

まず一つは、溢れかえっている騎士称号について。

かつて行われた悪名高き売官政策以来、本来は貴族や騎士の身分ではないのに帝国騎士を名乗る者があまりに多くなっている。実際、帝国国内や周辺国で野盗化、山賊化しているならず者はほとんどが帝国貴族を名乗っている。これは帝国として由々しき事態だろう。

身分制度の根強い帝国において、貴族を名乗れるなら誰だって名乗りたいというのは分かる。だから功績のあった者、実力や才能のある者が貴族になったり騎士になるのは問題ない。だが、野盗化するような連中が帝国騎士を名乗るのはいただけない。

これは売官が横行していた頃、もっとも身分を買ったのは商人だが、次に多かったのは他人から奪った金で購入したならず者たちだったからだ。それを当時の帝国は許してしまった……金さえ払ってくれれば相手は誰でもいいとね。


そんな悪しき制度の名残で、帝国のイメージがどんどん悪化していく。他国の貴族は事情を知っていても、平民は知らない。彼らにとって、帝国騎士＝ならず者になっている……これは早いうちに手を打ちたい。よって今回、「過去に帝国から購入した爵位を名乗れるのは当代限り。違反者は厳罰」とする案を提示した。この法案に対する諸侯の反応は好意的だった。まぁ、騎士号を買う必要もない大貴族にとっては、なんの問題もないだろう。むしろもっと厳しくするべきという意見すら出て、また春までに改善することになった。

次に言語について。これはまぁ、改革というより方針の再確認に近い。現在、帝国では複数の言語が話されている。これについて、その時の皇帝によっては「好きにすればいい」と穏便な姿勢を取ったり、強硬な姿勢の皇帝だと使用を禁じようとしたりする。

まぁ、使用を禁止しようとする考えも分かる。帝国は多民族国家だからな……前世の知識でも、多民族国家が言語を統一しようとした例はいくつも見てきた。

だからこそ、俺はその失敗を知っている。言語を弾圧した結果、より強い反発を生み分裂が進んだ例なんていくらでもある。そもそも、禁じたところで民間レベルでは使われるのだ。たかが数百年程度では言語の弾圧など完遂できない。そして中途半端に終われば、それは憎しみを生むだけで終わる。なら最初から認めてしまえばいい。

ただし、宮廷では記述は従来通りロタール語、口語はロタール語またはブングダルト語という伝統を維持する。まぁ、帝国がこの先も続けばいずれラテン語と英語のような関係になるだろう。

そしてここからが「改革」なのだが、今後徴兵し訓練する「帝国軍兵士」に対してはブングダルト語を標準語とし、命令や号令等は全てブングダルト語で行うことにした。

これは多民族国家の宿命として、国中から徴兵すると、兵士それぞれが使う言語がバラバラになってしまい、指揮命令系統に支障をきたしかねないという問題があった。だからこの際、軍だけは言語を統一することにした。後は同じ言語を使うことで、今まで以上に連帯感を生むという狙いもある。

ちなみに、ラウル地方を平定してすぐに、新規の募兵を行った。今度は帝都だけでなく、農村などからもかなりの数の志願者が出てきており、現在進行形で訓練を行っている。また、降伏したラウル兵もかなりの数を取り込み、同じく訓練させている。まぁ、一時期敵として戦った相手だが、彼らも生きるためには働かないといけないからな。

あと、シュラン丘陵での勝利はここでもプラスに働いているらしい。皇帝軍の兵士になれば負けることはない……と考え志願する農民も多いようだ。

春頃には皇帝直轄軍だけで最大二万は動員できるようになる……まぁ、相変わらず指揮官が足りないから、動かせるのはその半分くらいだけど。あと兵器が足りない。ラウル地方の平定後、余った武器弾薬は黄金羊が持って行ってしまったからな。

そしてもう一つ、目玉となる軍事改革が「ヴィジュネル暗号」の実用化だ。

これはレイジー・クロームの持っていた知識だ。彼によると、現在の他国での主流は「単一換字式暗号」で、これ自体は帝国も同じらしい。

ただ、帝国軍で使われていたのは、「比較的単純で解きやすい」ものだったらしい。また、そもそも暗号の重要性が地球よりも低いようだ。これは魔道具という便利な存在があるせいだろう。物によるが、魔道具を利用すれば暗号など使わずに極秘の連絡が可能だったりするからな。

それこそオーパーツの一種だが、チャムノ伯家の家宝である耳飾りなんかはその顕著な例だろう。あれを耳に着けてたら、暗号などなくても離れたところから極秘の連絡ができてしまう。

閑話休題、レイジー・クロームが提案した暗号は、現段階だと解除されるリスクの低い「ヴィジュネル暗号」というものらしい。文字を並べた方陣を用いる暗号で、詳しい説明は省くが、暗号を解く際の鍵《キーワード》が漏れなければ、かなり高い秘匿性を保てるとおもう。レイジー・クローム曰く、この鍵《キーワード》の文字数が敵には分からないというのがポイントらしい。

一先ず、試験的に皇帝軍で使用する予定だ。対応表である方陣は各部隊長に配布済みである。春になり、都市郊外で行軍訓練が行えるようになったらテストしようと思う。

とはいえ、レイジー・クロームからは鍵《キーワード》は頻繁に変えるよう進言された。確かに、暗号が解読されているのにされていないと油断して大損害を被った例は俺も聞き覚えがある。というか、よくもまぁこんなマニアックな知識を残していたものだ。

こうして、いくつかの法案や改革案を報告し、解散しようとしたところで、ワルン公から待ったがかけられる。

「もう一つ、重要な懸案事項が残っております」

「なんだ。何かあったか」

俺がそう尋ねると、なぜかワルン公ではなく財務卿から答えが返ってくる。

「ベルベー王国より『結婚はいつを予定しているのか』とのことです」

……なるほど、そういうことか。これは心当たりがあるぞ……確かゴティロワ族長ゲーナディエッフェとの会談で、孫を娶らないかと勧められた際、サロモンがかなり動揺していたな。

「それはベルベー王国からの正式な外交文書か」

「えぇ、セルジュ＝レウル・ドゥ・ヴァン＝シャロンジェからの書状です」

……いや確かにそいつ、ベルベー王国の外交官ではあるが、本当に結婚を急ぎ進めたいなら王室同士の話……ベルベー王から直接来るだろう。

やっぱり、サロモン主導くさいな。

「結婚、必要か？　国内の反乱もまだ平定し終わってないのに」

「だからこそ、という考え方もあります。反乱があろうとも揺るがぬ帝国の威信を周辺国に見せつけるのです」

いやいやいや、俺まだ十三歳だよ？　結婚は早い……あ、ロザリアは二歳年上だから十五か。この国では成人は十五歳……なるほど、余計な婚約話がこれ以上増える前に正妻として迎えろって言いたいのか。

「しかし余はまだ子供だ」

「陛下、帝国では伝統的に、結婚に関わる式典は一年前に周辺国に通達いたします。来春は早すぎるので、再来年の春ではどうでしょう……四月などちょうどよろしいかと」

俺の誕生日は三月の末、つまり俺が十五になったら即結婚しろと言いたいのだな。

……というかこいつら、この話になった途端スムーズだ。さては事前に打ち合わせしてやがったな。

「……余は帝都を出立した日のことを思い出している」

「陛下、しかしこれは夫婦の問題でもあります。いっそロザリア様とお話し合いになられてはいかがでしょう」

それがこの日の会議で、ティモナが発した唯一の言葉だった。ひどい棒読みだった。

……なるほど、お前もそっち側。この様子だとロザリアもそっち側か。

どうやらこれ、逃げられないらしいな。

＊＊＊

別に、ロザリアと結婚することが嫌なわけではない。俺から言い出した婚約だし、相手についても申し分ない。

けどさぁ、十五で結婚は若すぎない？　あと、大人たちにプロポーズしてこいって言われてるようで、すごく気まずいな。

俺はロザリアの侍女に案内され、彼女の部屋へと案内される。ここは俺が彼女に与えた部屋であり、他に同じ待遇をしている女性はいない。そんなに焦ることないと思うんだけどな。

「お久しぶりですわ、陛下」

ロザリアは、どうやら先ほどまで社交パーティーに顔を出していたらしい。普段着るドレスとはまた違う華やかな格好だ……あるいは、俺が来ることが分かってたのか。

　さて、どう切り出そうか。

「ロザリアは、結婚は早い方がいいか」

俺が、出されたハーブティーに口をつけながら尋ねると、少し間が空いてロザリアは言った。

「いえ、陛下にお任せいたします」

「ん？」

あれ、話が違くないか。

俺が思わず手を止めると、続けてロザリアは言った。

「……と、言いたいところなのですが。『早く結婚したいとかわいくおねだりしよう』と叔父……サロモンに言われておりますわ」

ふむ、やっぱりあの男か。

「余が十五になり次第、すぐに結婚してほしいようだ。いきなり言われたのでな」

「どうやら、陛下の戦い方に危機感を抱かれたようですわ」

……あぁ、シュラン丘陵で先陣に立った件か。

「誰からも咎められなかったが」

正確には、ティモナからはチクチクとお小言を言われたが。だがあの采配を批判する諸侯はいなかった。

「君主としてこれ以上ない指揮だったので、誰も何も言えないのですわ……本音としては、後継者がいない間はもっと安全な戦い方をしてほしくても」

まぁ、結局はそこなんだろうな。つまり、いつ戦死しても良いように早く子供を作れと……そういうことなんだろう。

「私も、怖かったですわ」

ぽつりと、ロザリアがそうつぶやいた。

「……ごめん」

「いいえ、ご無事で何よりですわ」

あぁ、そうか。俺は心配をかけたんだな……皇帝として振る舞うことに必死すぎて、時々自分がただの人間であることを忘れそうになる。

「よし、決めた。余が十五になったら結婚しよう」

正直、まだ現実味のない話だけど。俺はロザリア以外の人を正妻にするつもりはないが、周りはそうは考えてないようだし。ロザリアがどう感じていたかは分からないけど、少なくとも不安がらせちゃダメだ……いや、結婚しても別の問題で不安にさせる気が。俺、宮廷でずっと大人しくしてるつもりないし。

「今の私なら、気に入っていただけるでしょうか」

ロザリアは少し照れた様子で、そう言った。

……懐かしいな。そういえば、俺は初めてロザリアに会った時にそんな感じのことを言った気がする。

「今思うと、かなり失礼だよな、あれ」

初対面で妻になれって言い放ったんだもんなぁ、俺。勢いとはいえ、あまりに偉そうだろ。

「……あの時の私は、身体を差し出してでも支援を取り付けようと覚悟していたのですわ。宰相か式部卿か、あるいはその子供たちでもいいから……と。今思うと、あの頃の貧相な身体では土台無理な話でしたけど」

……確かあの時は、ロザリアは七歳くらいだったはず。貧相な身体……だったか？　全く覚えていない。でもドレスは似合っていたな。

「だから、落ち目の小国の王女が、帝国の皇帝陛下の目に留まるなんて、それはもう夢のような話だったのですわ……だから、嬉しくて。舞い上がってしまって」

ロザリアの瞳は、不安に揺らいでいた。ちょうど初めて会ったあの日のように。

「でも、後になって気が付いたのですわ。あれは陛下と宰相たちの駆け引きの一つだったのだと……陛下、今の私なら気に入っていただけますか」

なるほど、どうやら勘違いしてるらしい。

「いや、結婚申し込んだのはロザリアが美人でかわいかったからだけど」

「……かわっ⁉」

ほう、美人よりもかわいいの方が反応するのか。これは新発見だ。

「確かにあの時、宰相派や摂政派の反応を見ていたが……そっちはついでだ。結婚したいくらいかわいかったから妻になれと言ったんだ」

そりゃ結婚したいと思わない相手にあんなこと言わないだろう。

……まぁ、確かにあの時は「絶対に結婚したい」というより、「こんな美人とお近づきになれたらラッキー」くらいの感覚だったかもしれないが。あの時はまだ、皇帝として生きる覚悟なんてしてなかったし。

「だからロザリアの質問に答えるとな。あの時も今も変わらず気に入っている」

ロザリアの顔色が面白いように変わっていく。顔を真っ赤に染めていても、青い瞳はきれいだなと思った。


「そうか、ロザリアは口にしないと意外と伝わらないタイプか」

いろいろと見透かされていたから、伝わっている気になっていた。ちゃんと好意は口にした方が……いやでも、この国の貴族男性ってあまりそういうことしないんだよな。言葉ではなく行動で示すのが美徳、みたいな伝統があるのだ。

……まぁ、いいか。別にそこまで枠にはまらなくても。

「わ、私はその、慣れていないだけですわ」

ロザリアの声は、まだ上ずっていた。なんだこのかわいい生き物。

「改めて、余の妻になってくれないだろうか」

「……はい」

普段の凛としたロザリアもいいけど、このロザリアもいいな。すれ違ったまま結婚しなくて良かった。


耳まで赤くなっているロザリア……まだ動揺しているらしい。

俺はそこでふと、疑問に思ったことを尋ねる。

「しかし、社交の場とかは平気だよな」

確かに、即位の儀からあまりゆっくり話すことはなかったが……普通に社交の場では俺が綺麗だとか褒めても、ロザリアは平然としている。

「それは、社交辞令だと……」

「……手紙にも、色々と書いてたよね」

シュラン丘陵へ向けて帝都から出立して以来、何度も手紙を交換した……その際、普通に恥ずかしいセリフも頑張って書いたんですが。あんなの、前世だったら黒歴史だぞ。

「それも、社交辞令だと思っていましたわ」

なるほど、社交辞令だと思ったものには平気なのか。確かにロザリアは王女として社交辞令には慣れてただろうからな。

俺はむしろ、手紙に書く方が恥ずかしいけどな。あと二人きりの時より、周りに人がいる社交の場の方が緊張する。

「これから、よろしく」

「……はい」

俺は次からは汲み取ってほしいなという意味も込めて、そう言った。

これからは社交のたびに恥ずかしがるロザリアが見られるのだろうか……いや、なんだかんだ器用にやりそうな気もする。

「それで、陛下。側室の件なのですが……まずはナディーヌ様とヴェラ＝シルヴィ様を娶られてはいかがでしょうか」

……俺今、いい感じにすれ違いが解消できて、結婚しようって話になってたよな。

「この雰囲気でその話をするのか」

「それはそれ、これはこれですわ陛下」

なんだろう、今さっきプロポーズじみた言葉を言ったはずなのにな。

「別に側室はいらないんじゃ……」

「ダメですわ」

……解せぬ。

＊＊＊

「いいですか、陛下。陛下が側室をお迎えくださらないと、私が大変なのですわ。今の帝国は男性の皇族がほとんどおりません。一人でも多く皇族が生まれることを諸侯が望んでいる状況で、陛下の寵愛を一人が受けたら諸侯はどう思われるでしょうか。ただでさえ私は他国の女なのですから……」

「……はい」

なんで説教受けてるんだろう、俺。


いや、政治的には側室が必要なのは分かるし、シュラン丘陵に出征した頃からロザリアがその二人を側室にしようとしてたことは分かってたけどさ。それにしてもこう、なんというか。最初の数年ぐらい、正妻だけの期間があってもいいと思うんですよ。

「そんな余裕があったら、陛下は生まれながらに皇帝になっていませんわね？」

「……はい、おっしゃる通りです」

数少ない親族、俺が殺しちゃったしね。もしかして自業自得か。

なんだろうね、この感じ。諸侯からもロザリアからも、遠まわしに「働け種馬」って言われてる

気がする……だから結婚って言われた時、無意識に逃げようとしたんだろうな。

俺、前世でたぶん結婚することなく死んだと思うんだ。それがいきなり「妻は三人からスタートです」って言われても、躊躇するのも当たり前だと思うんだ。

「……ロザリア、もしかしてなんだが。既にワルン公とチャムノ伯とは話し合いが済んでいるのだろうか」

「もちろんですわ。お二人に限らず、重臣の皆様に既に根回しは済んでおりますわ」

あぁ、やっぱり。この部屋に送り出されたのは、そこまで済んだ上でか。

……いや、待てよ。その時点ではロザリアは俺からどう思われているのか、分っていなかったよな。

「その時と今では心境の変化があったり……」

「……分かってないみたいですわね」


俺はその日、ロザリアが本気で怒ったところを初めて見た。

とってもすごく理詰めでした。


要約すると、これは感情がどうとかっていう問題じゃないと。本当に国が傾きかねない話題だから、まずその二人を娶れと。それがスタートラインだと。そうしないとまた内乱になるとまで言われた。

その上で、最初の数年で子供ができなければどんどん妻は増えていくと言われた。これは決定らしい。……それは嫌だなぁ。


あと、ナディーヌとヴェラ＝シルヴィを側室にしようとしているのは、ワルン公とチャムノ伯の貴族としての力に配慮しただけでなく、ロザリアなりのちゃんとした理由もあるらしい。

まずナディーヌについては、俺に対していざとなれば物怖じせずに意見を言える点をロザリアは評価しているらしい。ロザリア曰く、自分は俺が本物の愚帝に……つまり悪政を敷いたり、私欲で帝国の民を虐殺したりしても、なんだかんだ止められず見捨てられないだろうと。だからナディーヌのように、間違ってると思ったら正面から皇帝相手に批判できる人間は妻に一人必要だと。

次にヴェラ＝シルヴィについては、数年間塔に幽閉されても耐えた忍耐力、人の本質を見抜く力、そして人望を評価しているようだ。特に人望は自分以上にあると言っていた。形式上は俺の父親の側室になった身であり、そういう女性がその息子の妻になるのは、普通反対されたり忌避されたりするのだが、そう言った声が一切上がらないのが、彼女の人望の証であると。

この二人は得難い女性だから妻に迎えなさいとのことだ。それも、自分から妻になってくれるよう頼みに行くべきだとまで言われた。

これはまぁ、それもそうだと思った。これから側室になってもらうのに、受け身なのは確かに良くない。

……もう側室を迎えないなんて言えない。それくらい怖かった。

「そうと決まれば、今日中に行くべきですわ」

お説教が終わり、ようやく落ち着いたロザリアに俺は言った。

「はい、行ってきます」

……別に恐怖だけで従っている訳ではない。ちゃんとロザリアの言葉にも一理あると思ったのだ。

あと、二人がダメだったら面識ない令嬢を側室に入れるという脅し文句も付いていた。正妻の旦那に対する脅し文句が側室増やすぞっていうのは本当に前代未聞だと思う。

ハーレムだって喜べるタイプだったら楽だったんだけどなぁ……。親《貴族》の顔を思い浮かべると、全く喜べない。絶対、気苦労とか考えることとか多そうだよな。

「そうだ。最近陛下が連れてきたヴァレンリール様や、イレール・フェシュネール様も相応しいかお話させていただいても」

「ごめんなさいあの二人だけは勘弁してください本当に胃に穴が空きます」

その二人が側室になったら食われかねない……この国が。

側室になってくれますか

俺はまず、ナディーヌのもとを訪れた。

ナディーヌ・ドゥ・ヴァン＝ワルン。ワルン公の娘にして、茨公女と揶揄される少女。その兄弟の誰よりも、ワルン公の性格を色濃く受け継いでいるのではないかと言われている彼女は、あまり着慣れないふわふわのドレスを着て、窮屈そうに人を待っていた。

「……何よ」

いったい、なんて言ったんだロザリアは……その、相手を完全に意識した格好で、上目遣いに睨まれても反応に困る。

「かわいいな、似合っている」

「馬鹿にしてるの!?」

うーむ。ナディーヌは素直に褒めてもダメなのかもしれない。

「失礼、舞い上がってしまいまして……普段の快活そうな装いも良いですが、今日は妖精が迷い込んだのかと思いましたよ」

「……まだまだね。精進なさい」

と言いつつ感触は悪くない。なるほど、ナディーヌはこっちか。

「それで、お姉さまのところへは行ってきたの」

「あぁ」

ナディーヌはロザリアを『姉』と呼び慕っている。まぁ、敵対されて喧嘩されるよりは比べるまでもなく良いし、これから妻になる二人の間で円滑なコミュニケーションが維持されることは嬉しいんだが……根回しが行き過ぎて怖い。


俺は改めて、ナディーヌを見る。本当に、この数年でよく成長したと思う。それは身体的だけでなく、精神的にもだ。

……ちなみに、俺より一つ年下のナディーヌは今が正に成長期だ。会うたびに背は伸びている気がする。まぁ、俺も成長期だから背が抜かれることはなさそうだが。

それにしても、お世辞ではなくこの格好も似合っているな。戦場では甲冑姿も似合っていたが、こっちもこれで……あ、よく見たら口紅塗ってる。そうか……もうそんな年頃か。

「……何よ」

少し見過ぎたようで、ナディーヌにじろりと睨まれる。


なまじ昔から知っているせいで、俺の中でのナディーヌは、どこか妹っぽさのある相手だった。目の離せない、世話の焼ける子って感じだ。

だがまぁ、ここに来るまでに自分の心の中で区切りはついている。俺はナディーヌのことを妹っぽいと思ったことはあっても、妹だと思ったことはない。だから、妻として見ることはできる。

「ナディーヌ、皇帝の側室になるつもりは……覚悟はもうできているのか」

問題は、彼女を側室にすることに、俺は少し躊躇してしまっていることだろうか。

俺は結婚自体経験がない。ましてや側室なんて初めて持つ。だからきっと、色々と至らぬ点もあるだろうし、たくさんの苦労を掛けるだろう。

俺はナディーヌを側室にしたら、たぶんたくさん苦しませる。それはきっと、彼女にとって不幸なことだ。


「何よその無責任な態度は。皇帝なら『側室になれ』と命じなさい」

俺の躊躇を感じたのか、ナディーヌは腰に手を当てて少し怒ったようにそう言った。

そうか、これは無責任なのか。

「俺は皇帝だ。だからナディーヌのこと、幸せにはできないかもしれない」

俺は生まれながらの皇帝で、いつか誰かに後を託すまで、俺は皇帝であり続ける。言ってしまえば、俺は私生活《妻》よりも仕事《皇帝》を優先する人間だ。ましてや側室は、正室よりも優先度が下がる。

もちろん、為政者としてはそれが正しい。女におぼれて、国を滅ぼした愚帝はいくらでもいるからな。だが一人の人間としては、仕事を優先する男の妻になるというのは、不幸なことではないだろうか。しかも、側室なんて……。

「何よそれ。あんたがしなくても私が勝手になるわよ」

ナディーヌは堂々と、まるで当然だと言わんばかりにそう言い切った。

……なるほど、そうか。勝手に幸せになるか……それなら、確かに彼女は側室になってもやっていけるかもしれない。

「ならばブングダルト帝国八代皇帝カーマインが命ずる。余の側室となれ、ナディーヌ」

「えぇ、いいわ。その覚悟は、とっくの昔にできているもの」

そう言い切ったナディーヌの笑顔は、眩しいくらいに輝いていた。

そうか、これが貴族の娘として当たり前の価値観か。それが不幸かどうかなんて、前世の基準で考える方が野暮か……生まれた時から、そうやって育てられたんだもんな。

……それでも、せめて不幸にしないよう努力はしないとな。

「それで私の役目なのだけど……お父様との橋渡し、だけかしら。それとも帝国貴族全体かしら」

先ほどまでの威勢とは打って変わり、どこか不安げなナディーヌ……なんというか、こういうところは生真面目というか、一生懸命過ぎるよな。

「勘違いしているようだが……仮にワルン公が反乱を起こしても、関わっていないならナディーヌは余の側室のままだぞ」

たぶんナディーヌは、貴族の娘……それもあのワルン公に育てられた女性だ。言動が貴族令嬢としては珍しい、きつい発言ばかりだが、その思考自体は貴族の観念に囚われている。

「……え?」

「余とナディーヌの結婚に政治的意味を見出すのは周りの人間たちだ。だから別に、余に媚びなくていいし、余に気を使わなくていい。むしろそのままでいてくれ」

これはナディーヌに限らず、俺が一方的に決めたことだ。確かに、妻の実家が敵対した際、離縁したり幽閉したり……場合によっては自害させた皇帝も過去にはいた。だが俺個人の考えとしては、本人と実家は別物だと思う。結婚した後も家族の行動に人生を左右されるのはかわいそうだ。

まぁ、この考えはこの時代では主流じゃないから、その時は批判されるかもしれない。それでも妻になってもらうからには、最低限これくらいは守りたいからな。

「そうだ、一つだけ命じたいことがあった。もし、余が帝国の民の敵になりそうだったら、その前に止めてくれ。……俺が悪魔になる前に止める……それがナディーヌの、もっとも重要な役割だ」

俺は少し冗談めかして、ナディーヌに仕事を頼んだ。

もちろん、そうならないように常に自分を律していきたいとは思っているが、権力は人間を歪めるからなぁ。自分が力におぼれて変わってしまうのではないかという恐怖は、俺は転生してからずっと自分の中に抱えてきた。

冗談めかしても、ちゃんと頼み事は彼女に伝わったようだ。ナディーヌは、どこか覚悟を決めた様子で言った。

「私、あんたより剣の扱いは上手い自信があるわ」

……それは全く否定できない。

俺も剣の訓練はしてるんだけど、一向に上手くならないんだよなぁ。シュラン丘陵での戦いの時も、ほとんど旗を振ってただけだしな。

＊＊＊

最後に俺は、ヴェラ＝シルヴィのもとを訪れた。

彼女はナディーヌと正反対に、普段と変わらぬ恰好で本を読んでいた。

とはいえ、俺が来ることは分かっていたらしい。特に慌てる様子はない。しかし俺が正面に座ると、どこか浮かなそうな顔で俯いてしまった。

「ヴェラ＝シルヴィ……余の側室になってくれないか」

俺は単当直入に、彼女に本題を話した。

小さく縮こまったヴェラ＝シルヴィは、しばらく無言で俯いていた。しばらくして、話し始めた彼女の声は震えていた。

「あの、ね」

俺は彼女を落ち着かせるように、握りしめられた拳を手で包む。

「あぁ」

「籠の中の、鳥は、もういや、だよ？」

……なるほど。彼女が躊躇するのも当たり前か。

ヴェラ＝シルヴィはかつて、父上の側室として迎え入れられた……だが、その直後に彼は死亡し、遺された彼女は正室によって幽閉された。

彼女は側室になったが故に、人生でもっともつらく苦しい経験をしたのだから。


「ヴェラ、それは側室になったからではない。父上が亡くなったからだ。側室だから幽閉されたんじゃない、未亡人になったから幽閉されたんだ」

それでも、頭ごなしに拒絶されてはいないということは、脈なしではないということだ。

「それに帝国には便利な魔道具があるから、誰の子供か簡単に調べられてな……俺はそれのおかげで、浮気者の母を持ちながら皇帝になった」

「うん？」

なんの話かと首をかしげるヴェラに俺は問いかける。

「別に妻が宮廷から出られない規則はない……子供は別だけど。ヴェラはどうしたい」

まぁ、皇帝によっては宮廷から出さないタイプもいるらしいが……俺はヴェラ＝シルヴィを信用している。それに、束縛する趣味も別にないからな。

俺は彼女たちを縛り付けたい訳じゃない。これからも支えてほしいと思ったから、妻になってほしいのだ。

「少しだけ、外を見たい。もう少しだけ、見て回りたい」

……いけるな。何か仕事か役割を任せれば、外出自体は問題なく許されるだろう。問題は護衛だが……ヴェラ＝シルヴィに対しては宮中伯の評価も高いし、密偵に護衛を任せられるだろう。

「もちろん。それに魔法が使えるヴェラは、あの時とはもう違うだろ。もしまた塔に囚われても、今度は自分の足で出られるはずだ」

もうあの塔で、悲しげに歌い嘆くだけのヴェラはいない。今の彼女には力がある。

しかしまぁ、俺が言うのもなんだが、ヴェラ＝シルヴィはかなりの箱入り娘だからな。彼女が外に出るというのは……正直不安でしかない。それでも、それも合わせての社会経験と思えば……まぁアリだろう、たぶん。


「うん、ありがとう……でも、本当にいいの？　もうおばさん、だよ？」

そういって小首をかしげるヴェラ＝シルヴィは、確かにもうすぐ三十になる。にもかかわらず、彼女はいつまでも若々しい……というか、幼いままだ。

普通に三十代に見えるなら、もう少し安心して送り出せる。

「俺より年下に見えるけどな」

背は既に俺の方が抜いているくらいだ。ただまぁ、これでもマシになった方だ。初めて塔であった時は病的な幼さだった。今ではまぁ、健康的な幼さと言っても過言ではないんじゃないだろうか。

顔にしわやシミなんて当然なく、十代前半の若さを保っている。だからこそ、外に出すのが少しだけ不安なんだが……これでおばさんとか言ってたら、世の二十代後半が泣くぞ。

「ほんと？」

「あぁ、本当だ」

俺の言葉に、ヴェラ＝シルヴィは、嬉しそうな表情を浮かべた。……なぜ幼いと言われて喜ぶのか。若いと幼いは別物だぞ、ヴェラよ。

まぁいいか。……本当に、よく笑うようになった。あと俺相手だと、話すのもかなり慣れた様子だ。とはいえ、未だに関わりの少ない男性相手には口籠るのだが。


「改めて……余の側室になってくれ、ヴェラ」

「うん。いい、よ！」

ヴェラ＝シルヴィの言葉と共に、近くの花瓶に飾ってあった花の蕾が一斉に花開いた。

今度はあっさりとした快諾だが、心から受け入れてくれたようだ。


……いや、ここ宮中の一室だから、封魔結界の範囲内なんだがな？　今、歌すら必要なく、固定化された魔力を無理やり使って魔法を発動させた？

……彼女を外に出すの、違う意味で不安になってきた。

結婚に向けて

そして年が明けた。俺は来年の春に結婚することが決まり、今はそれに向けて色々な調整が進んでいる段階だ。

というのも、この国……というよりもこの世界における結婚は、前世の一般的な結婚とは考え方からして違う。

前世での結婚は当人同士の問題だったが、貴族における結婚とは、つまり家と家の同盟である。当人同士よりも、その一族の当主同士の決定が優先される。

だから貴族的な価値観でいうと、俺はワルン公とチャムノ伯と話し合って合意に至れば、ナディーヌとヴェラ＝シルヴィとの結婚はその時点で決まる。本人の意思は関係なく、親の決定で結婚となるのが貴族の世界だ。だから摂政は公然と愛人を抱えていたのだしな。

とはいえ、それで済ますのは彼女たちに不義理だと思ったから、俺は二人のもとへ行って側室になる意思確認をしたのである。

そんな貴族の結婚の流れは、ロタール式とブングダルト式でどうやら異なるらしい。ロタール式は由緒正しき厳正な方式だ。まず、婚約協定を結ぶ。これは家同士の約定であり、互いに裏切らないことを約束するために、当主の紋章が入った旗と手袋、そして宝飾品を交換する。大切なものを相手に「預ける」ということらしい。ちなみにこの宝飾品は、本来は家宝だったようだ。だがそう何度も家宝を他人に預けていられないと、長い歴史の中で簡略化されてこの形になったという。あと、宝飾品を用意できない下級貴族の世界では、代わりに金貨や銀貨を預けるらしい。

そして結婚式の前日（これは厳密に前日というよりも、直前ならいいらしい）に、当主同士が集まって会談し、その後互いに預けていたものを戻す。

ここまでが「前儀式」である。

そして「本儀式」といわれる結婚の儀が行われる。神前（教会）での宣誓と、調印。その後晩餐会を開き、その翌々日にようやくすべてが終了と見なされる。

正確にはもっと色々と細かい作法や儀礼がある。ただ、このようにとにかく長くて面倒くさかったため、「簡略化」したのがブングダルト式である。まぁ、ブングダルト人はロタール人の文化を尊重しているが、こういった儀式は「改良」されていることが多い。たぶん、初代皇帝カーディナルはかなりの面倒くさがりだ。

特にブングダルト式では「前儀式」……いわゆる婚約関連がほとんどカットされている。婚約も書類上で済むし、あるのは結婚の直前にする会談くらいだ。

んで、この方式をどちらにするかと、スケジュール、その他諸々を話し合うために、今日俺はワルン公とチャムノ伯、それから数名を呼んでいた。

「まずはワルン公、そしてチャムノ伯……改めて卿らの娘を余の側室に迎え入れたい。構わないだろうか」

「謹んでお受けいたします」

「勿論にございます」

という訳で、さっそく紙面を交わす。これで俺は、ロザリアだけでなくナディーヌとヴェラ＝シルヴィとも婚約関係になった訳だ。

「さて、卿らも分かっていると思うが……『前儀式』はブングダルト式にさせてほしい。ここは正室を立てたいのだ」

「もちろん、理解しております」

そう、よく思い返してほしい。俺はロザリアと婚約関係になった時、別に旗や手袋、宝飾品などの交換は行っていないのである。

宰相や式部卿が一方的に援助を行ったが、交換はしていない。そもそも俺は生まれながらの皇帝……つまり、生まれながらの家長、当主である。その俺がそういった交換を行っておらず、唯一代役として認められる摂政も引きこもっていたから、あの婚約は間違いなくブングダルト式の方である。

正妻が簡略化した方なのに、側室が格式高い方を選ぶとまた色々と面倒な話になるからな。

「そして式典に関する一切の采配は、宮内長に任せたい」

俺はニュンバル伯改めニュンバル侯に目を向ける。

「大変名誉な仕事ですな……謹んでお受けいたします」

最近、今まで以上にやつれてきたと噂のニュンバル侯だ。ちなみにこれは、宮内長も押し付けられたからというよりも、一気に所領が増えて、その引継ぎなどに忙しいからという方が大きい。あくまで一時的な過労……酷使ではないはず。


「早速ですが、こちらが日程の草案となっております」

ニュンバル侯が提示した書類によると、俺の十五歳を祝う祝宴を大々的に三日かけて行い、間に一日空けてロザリアの結婚、ロザリアの女王戴冠、ナディーヌの結婚、ヴェラ＝シルヴィの結婚を全十日間かけてやると。つまり合わせて二週間、この間常に帝都は祝祭が開かれる……か。随分と盛大にやるつもりらしい。

「しかし、本儀式はロタール式でやるのだな」

「えぇ、財務卿としては由々しい事態ですが……特別な理由のない限りは、格式高いロタール式で行うべきかと」

まぁ、そういう考えもあるか。実際、ロザリアと婚約した際は、ベルベー王国は戦争中……つまり非常事態だった。だがこの結婚は、まだ国内を完全に平定できていなくても帝国は問題ないということを示す意味もある。余裕を見せるためには、より金のかかる方が良いのは間違いないな。

「しかし、余の生誕祭に三日もかけるのか」

「陛下、十五歳はこの国で成人と認められる大きな節目にございます。何より、前宰相らが日をまたいで盛大に祝われましたので、それを超える必要がございます」

なるほど、面子という話か。なら仕方ないな……普通に国中が自分の誕生日を祝うの、嬉しさより恥ずかしさの方が勝るんだけどね。

「まぁ、細かい采配は全て任せよう。ただ宮内長、この場にいる二人だけでなく、三人の意見もしっかりと聞くように」

貴族の結婚は当人よりも家の意向が優先。だが、式の中身はせめて花嫁たちの意見が通りやすいようにしてあげたい。

「承知しました」


俺は頷き、最後にもう一つの重要な役割を決めようと口を開く。

「では式典の際、教会で行う儀式の責任者は『司聖堂大導者』ダニエル・ド・ピエルスを皇帝として指名する。現場での立会人も、同じくダニエル卿を指名する」

「やはり……私がこの場に呼ばれたのはそのためですか」


ダニエル・ド・ピエルス……『アインの語り部』の老エルフは、聖一教西方派の人間ながら、聖一教を信仰していない背教者だ。だがその思想も行動原理も、俺は理解している。理解した上で、今回任命することにしたのだ。

「私がどういう人間かご存じでしょう」

「面倒ごとを避け、安全地帯でのんびりしている聖職者だ」

俺は西方派を敵視している訳ではないが、絶対視もしていない。この男が西方派の『司聖堂大導者』である限りは、そう扱うし、仮に西方派の宗教権威である真聖大導者になれば真聖大導者として扱い、彼が聖一教徒でないことが暴かれれば、知らぬ存ぜぬを貫いて見捨てるだろう。

だがこの際、そんな話は別にいい。転生者にとっても無条件で信用できる相手ではないことも、ヴァレンリールなんかはそれが原因でこの男のことを恨んでいることも、今は別にどうでもいい。

俺が、このダニエル・ド・ピエルスという人間について気に食わない点があるとすればただ一点のみ。それは能力があるにもかかわらず、俺のために全力で働かないところだ。

「卿は裏から糸を引く方が性に合っていると思っているかもしれぬがな、余はそんなこと、許さんぞ」

散々転生者を利用してきたんだ。たまには利用される側にもなれ。

「表舞台に立て。おそらく、今後は『司典礼大導者』と『司記大導者』との三つ巴の争いに否が応でもまき込まれるだろうが……生き残れ」

皇帝の結婚を担当すれば、間違いなく皇帝のお気に入りと見なされ、本人の意志とは関係なしに真聖大導者を決める派閥争いに巻き込まれるだろう。

俺はそれで構わない。西方派のトップが背教者でも一向にかまわない。ただ、帝国の利益になればいい。そういう意味では、転生者とのパイプもあり、本人も優秀なエルフっていうのは、非常に都合がいいのだ。

「利用させてもらうぞ、ダニエル・ド・ピエルス。お互い様であろう」

俺は自分の口が愉快そうに歪んでいることを自覚しながら、抑えるつもりはなかった。

ヒシャルノベ事件で死にそうな思いをしたことへの、ささやかな復讐だ。


老エルフは、これでもかと言わんばかりに盛大なため息をついて言った。

「ご命令とあらば」

「期待している」

まぁ、俺のために働く限り、悪いようにはしないさ。

俺は最後に、空気を読んでか静かになっていたワルン公とチャムノ伯に、声をかける。

「それとワルン公、チャムノ伯。卿ら……」

帝国の二人の元帥と、俺はその後暫く、今後について話し合った。

十四歳

春になり、俺は十四歳になった。来年のこの時期には俺が結婚することが正式に決まり、周辺国に招待状が送られることとなった。ちなみに、そんなことをしてその隙に攻撃されないかなんて疑問が出るのも当然だが、聖一教的には一応、祝祭タイミングでの侵攻は非難の対象になっている。

まぁ当然、過去には破られた例もある。だが結局のところ、ラウルを倒し帝国をほぼ統一した新皇帝……これをアピールする場なんだから、リスクがあっても堂々と通達する方がいい。

こうして国家を挙げた祝宴の予定が決まり、諸侯はほとんどが領地へと帰っていった。ちなみに彼らは、雪解けの直前に帰っていくことが多い。雪解けしてすぐは、馬車だと道がぬかるんで動きづらかったりするからな。泥にはまった馬車を動かすのは、まぁ大変である。

あぁ、泥で思い出したんだが。冬の間一時的に休戦していたアキカールは、結局再び争い始めた。泥沼の戦争だ。

これについては、周辺の諸侯がわざわざここから寝返るなんてことはないだろうし、一族内で骨肉の争いになった時点で、アキカールが一つになることもない。ゆっくりと時間をかけて、丁寧に圧し潰し、滅ぼそうと思う。


そして帝国としては、予定していた改革を次々と開始した。一部の法には強い反発もあったが、大抵は順調に進んでいる。

ただ、目に見えないところでの反発っていうのも多そうだ。特に中小貴族なんかは、皇帝に対して面と向かって批判なんてできないだろう。それでも、抱いた不満はくすぶり続ける……どこかでガス抜きしないと、面倒なことになりそうだ。何せ帝国は、「穀物と下級貴族だけは豊富な国」と言われているくらい、下級貴族が多いからな。

あともう一つ、個人的に重大な話としては、ヴァレンリールによる地下遺跡の調査が始まった。

建国の丘にある教会……その地下にある遺跡と、そこに安置されている『人造聖剣ワスタット』の解体は、俺や『アインの語り部』にとっての悲願である。

だからヴァレンリールを連れて行ったのだが……残念なことに、時間がかかりそうだという結論になった。

まず、『人造聖剣ワスタット』についてだが……『語り部のアイン』とヴァレンリールの対立により、棚上げされることになった。これはワスタットの性能が凶悪すぎた為である。

俺はこの剣を使ったことがないため詳細な使用方法は知らないのだが、話によると使用者に対し、周囲の者が無条件に服従するという凶悪な性質を持つらしい。

だから解体はしたいが、ヴァレンリールのことを信用できないダニエル・ド・ピエルスとしては、彼女に絶対に触らせたくない。一方、ヴァレンリールとしては、触ってみないことには潰し方も分からない……だから触らせろとのこと。

まぁ、これについては先送りにするしかないと思う。俺もまだまだヴァレンリールのことを信用できてないしな。

次に地下遺跡自体についてだが……これはもっと単純かつ、重大な問題故にすぐに停止できないことが分かった。

それは移動方法の問題だ。この遺跡に入るためには、エレベーターで降りる必要がある。そしてそのエレベーターは、遺跡の魔力回路を動力源として動いている。

つまりこのまま地下の遺跡を停止させると、ヴァレンリールが地下から戻ってこられないのである。

これについてはいくつかの解決案が考えられた。例えばエレベーターの停止後、エレベーターの部分を壊し、ヴァレンリールをロープなどで括って持ち上げる案などな。

ただそういったものは、失敗した場合ヴァレンリールが死ぬ。計測したところ、あの施設はかなり地下深くにあるらしい……それこそ、遺跡内に酸素を供給する装置が必要なくらいに。失敗した時のリスクを考え、そういった力業での解決は無理そうである。

あ、ちなみに魔法での回収も無理そうだ。あのエレベーター、なんの嫌がらせか途中に「封魔結界」が起動している区間がある。おそらくセキュリティの一種なんだろうが、これのせいでエレベーターの穴を魔法で上がるのも無理そうだ。

あとは地下遺跡まで外から別の穴を掘るという案もあるが、正直何年かかるか分からないからできればやりたくないというのが本音である。

そこで現在、ヴァレンリールがこの地下遺跡の魔法や装置について、色々と調査している。

彼女の話によると、この地下遺跡は古代文明の中でも古い遺跡らしく、セキュリティはなんとかなりそうとのこと。そこで、遺跡のシステムを書き換え、『エレベーターだけ動かす』ようにできないかと術式などを解析しているらしい。

これもヴァレンリールの言葉だが、古い遺跡故に他の遺跡よりかはまだ術式などの構造や仕組みが理解できる範囲内らしい。ただ、古いが故に「整頓されてない」とのこと。色々な術式が複雑に絡み合ってあの施設は生きているらしく、それを整理していくのに時間がかかるようだ。

時代が新しい遺跡はシステマチックで、「どこを潰せば止まるかなどが分かりやすいが、なぜそうなるかは分からない」が、古い遺跡は「どこを潰せば止まるか分かりにくいが、なぜそうなるかは（時間をかければ）理解できる」とのこと。まぁつまるところ、「全く理解できないわけではないが解析に時間が欲しい」とのことだ。


傍から見ていると気の遠くなりそうな作業だが、本人は楽しんでいるのでいいのではなかろうか。

そういうわけで、遺跡を解析するヴァレンリールと、彼女を監視するダニエル・ド・ピエルスという、地獄のように空気の悪いペアで、しばらくは活動するとのことだ。

俺は一度だけついていったが、もう二度と行かないと心に誓うくらい、あの二人の間の空気は死んでいる。絶対に直接話さず、俺を経由して棘のある会話するんだもんなぁ。

＊＊＊

春を迎えたある日、俺は突然ニュンバル侯に呼び出された。だが指定された宮中の一室に彼はおらず、首を傾げつつ自室に戻ろうとすると、今度はなぜかティモナに止められた。

「珍しく、仕事の休憩に散歩でもといわれ、おかしいなと思ってついていってみれば……やはりおかしかったな」


部屋には、大きな鏡が置かれている。椅子に座らされ、飲み物や茶菓子が用意されていく。誰かとお茶会でもするのだろうか。

「それで、ティモナ。そろそろ説明が欲しいんだが」

俺の言葉に、なぜかため息が返ってくる。

「私ではなく、ニュンバル侯のご指示です。そしてこれは、帝国にある謎の慣習の一つです」

……謎の慣習？　まぁ、帝国にはそういうの、結構多いが……鏡があることだし、俺の衣装合わせだろうか。だが結婚式は一年先だし、他に合わせる服は……この間作ったばかりだしな。

俺がティモナに確かめようとした時、彼は代わりにこう言った。

「それでは、私は部屋の外で待機しておりますので。ここから先はヌンメヒト女伯が引き継ぎます」

驚いて振り返ると、ティモナと入れ替わるように、二人の女性が入ってきた。

「ヌンメヒト女伯シャルロット・ド・ダリューにございます。お久しぶりです、陛下」

普段は宮廷内ですら甲冑を着ていることが多いヌンメヒト女伯が、男性物とはいえ平服でそこにいた。それはかなり珍しいことだった……だがそれ以上に、珍しいことが起きていた。

「ロザリア？」

そう、ヌンメヒト女伯と一緒に入ってきた女性の正体はロザリアである。そして何が珍しいかといえば、なんと彼女、俺と同じ部屋で目が合ったのに、一切声を発しないのである。

まるで、俺のことが見えていないかのように無視するのは……いや、目は確実に合ったんだけどね。何か機嫌を損ねるようなことやらかしたっけ。

「これは一体、なんの真似だ？」

俺が尋ねると。ヌンメヒト女伯は答えた。

「これから、来春の式典用のドレスを合わせるのです」

……だからなんだっちゅうねん。

それから、ロザリアがいくつかのドレスを試着していく。要は、ウエディングドレスを選んでいるらしい。

ティモナが出ていった理由は、その場で着替えるからだろう。確かに、部屋にいる男性は俺だけだ。……なるほど、ヌンメヒト女伯は剣の腕が立つというし、護衛も兼ねてか。

……え、そのためだけに忙しい貴族を呼び寄せたの。

いっそ久しぶりの休みだと割り切り、目の前の光景をぼーっと眺めることにした。

まるで早着替えのように、次から次へとドレスが変わっていく……これちょっと面白いな。ちなみにドレスも、完成形のものではなく試着用に脱ぎ着しやすいもののようだ。

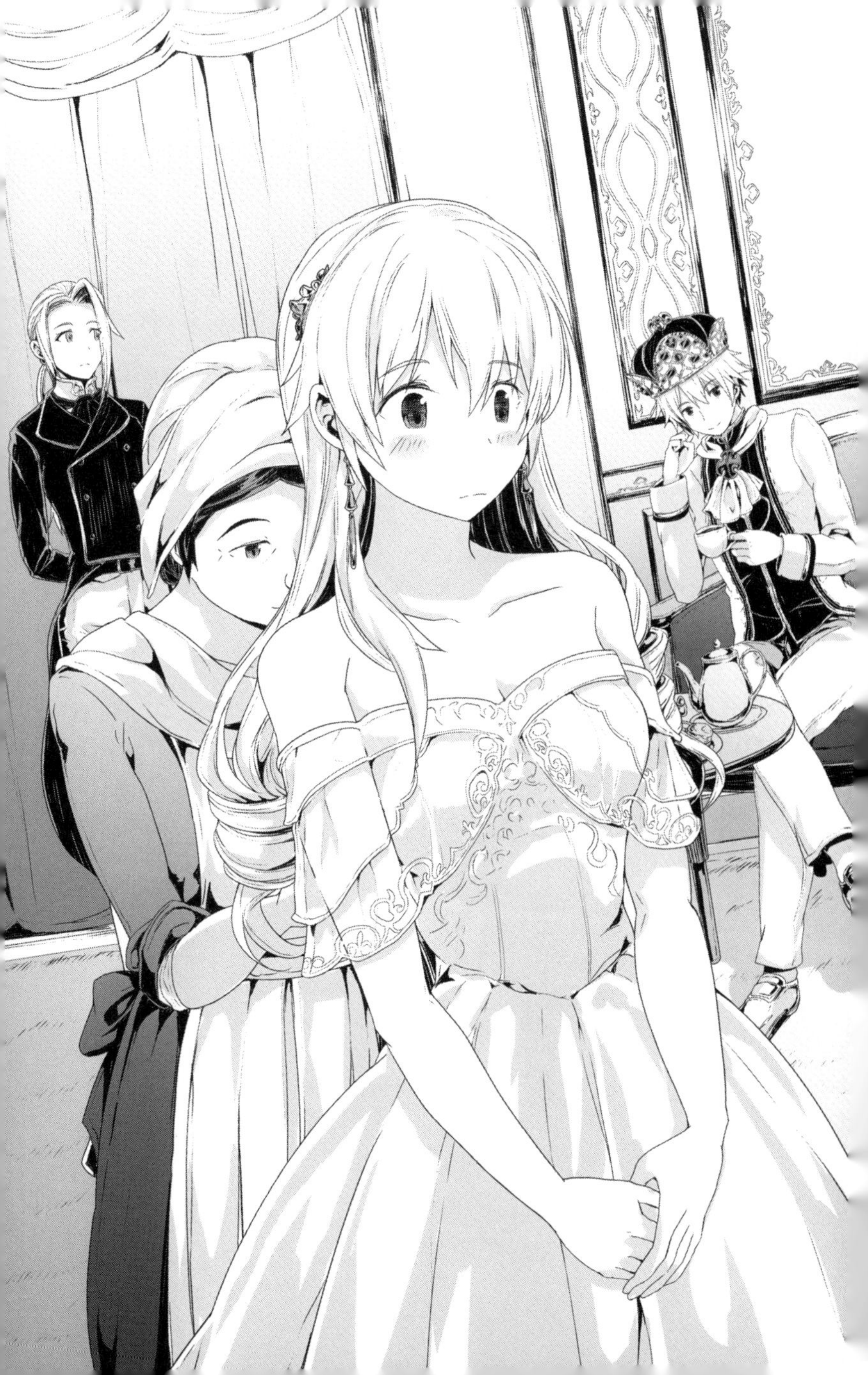

ロザリアは、何度か試着を繰り返しているが、その間、どうやらしゃべってはいけないらしい。礼儀作法を徹底しているロザリアが、無言で指差しだけで意思表示をしていく。

すると今度は、ヌンメヒト女伯が俺にそのドレスの感想を求めだした。

「こちらはいかがでしょう」

「うん、似合ってる」

まぁ、ロザリアがそもそも美人だからな。何着たって似合うんだよね。

「それではこちらはいかがですか」

「うん。それも似合ってるんじゃないか」

「……陛下、全部同じ感想言ってませんか」

ヌンメヒト女伯の声色的に、これではダメらしい。とはいっても、なんの事前説明もしない方が悪いと思うんだが。

やがてロザリアは、三つに絞ったようだ。俺もその三着はかなり良いと思う……というか、俺が好きそうなやつを選んでくれたのか。

「どれが一番好みでしたか」

「どれも似合ってた」

残った三着はどれも甲乙つけがたい。というか、妻になる人の色んなドレス姿見られるの、普通に良いな。謎の慣習だけど。

「陛下、具体的に……」

ちなみに、ロザリアはほとんどこちらに目を向けない。……いや、これは照れているのか。

「余にその辺の語彙力はないのだが……」

まぁ、普通そうだよな。自分の着替えを見られてるわけだからなぁ。

だからこそ、もう少し反応が見たくなった。

「最初のはお伽噺に出てくる花の妖精みたいな清純さと明るさがあった。清楚な感じが結婚の雰囲気に合っているかもしれない。その次のは聖典に出てくる気高き天の御使いみたいな美しさと気品があって驚いた……神聖な感じがして、神前儀式にふさわしい感じがした。あと、最後のはシンプルな分、ロザリアの素のかわいさが目立つな。ロザリアに比べれば宝飾品もくすむからな、それを引き立てるのであれば最後のが一番だろうか」

よって、結論はどれも似合っている。

「……陛下、どれが好みかを尋ねたのであって……普通、貴族の殿方はそのように褒めちぎりませんから」

「知ってる」

でもロザリアはこうやって褒めちぎると照れるからな。特にかわいいと言われると分かりやすく反応する。

しかしまぁなんというか、一切反撃がないので一方的に言いたい放題できるの、結構楽しいな。加虐心がこれでもかとくすぐられる。

「三着とも似合っているし、甲乙つけがたいからなぁ……というか、これやっぱり本人と話し合いながら決めた方が絶対良いと思うんだが」

だが俺の意見は見事に無視された。ロザリアは無言のまま三着目のドレスを選ぶと、逃げるように部屋から出ていった。

……あれ、俺はまだここなの。

ヌンメヒト女伯の方に目を向けると、彼女の方も俺が言いたいことが分かっているらしい。

「陛下にはこれより、ナディーヌ様のドレスを見ていただき、その後ヴェラ＝シルヴィ様のドレスを見ていただきます。その後はロザリア様のアクセサリーを、その後同じくナディーヌ様、ヴェラ＝シルヴィ様のものを見繕っていただきます」

なるほど、同じ要領で見ていけばいいんだな。

言葉責め……じゃなかった、感想を言うだけなら楽だし、普通に楽しい。

「しかし感想を一方的に言うだけって……変な慣習だな」

「えぇ、まったく」

あ、ヌンメヒト女伯も同意した。そうだよな、これやっぱり変だよな。

ワイン騒動

三人のドレスと宝飾品を眺めた次の日、俺はレイジー・クロームと雑談をする機会があった。これは前日、ヌンメヒト女伯が宮廷に来ていたので、レイジー・クロームも当然のことのように彼女と共に宮廷についてきていたのだ。

この二人は、傍から見る分には面白い。器用なようで不器用な関係といえばいいだろうか。

まぁ、身分差の問題は機会があれば縮めてやろうと思う。お節介をするつもりはないが、必要だと言われれば力を貸すつもりだ。


それはさておき、俺はこのレイジー・クロームとかなり砕けた口調で話すようになっていた。まぁ、同じ転生者ということもあるんだろうけど、なぜかこの男に敬語を使われたり、使ったりすることに強烈な違和感を覚えるのである。だから俺たちは、公式な場以外は互いに砕けた口調で話すようになっていた。

ちなみに、この男について、ティモナは口調を咎める様子はない。一方で、なぜかロザリアはレイジー・クロームのことを警戒しているようだ。レイジーもロザリアについて「目が怖い」と言っていた。あんなにきれいな目を怖いとか、残念な美的センスだと思う。

まぁ、そういう訳でよく話す相手だが、別に前世の思い出なんかを話すわけではない。というのも、ヴァレンリールの話を聞いてから自覚が出てきたが、俺は前世の記憶がほとんどないらしい。だから話すこともないというのが実際のところなのかもしれない。

だがレイジー・クロームは、明確に自分の名前を覚えていて、家族の名前も覚えていた。そして知人の名前も一人だけ覚えていたらしい。それ、恋人か元カノの名前だろう……とは思ったが、あえて突っ込まないでやっている。

……正直、名前を覚えているのが羨ましいと思う。俺は自分の名前すら思い出せない……だから時々、この前世の記憶が、本当に自分のものなのか不安になることがある。もしかしたら俺は、誰かの記憶を押し付けられただけで、転生したと勘違いしているだけの人間かもしれないと、そう思うことも増えてきた。

しかし……これはもう自己認識というか、何を以て『自分』と定義するかの話になってくる気がする。肉体的には転生している以上、そもそも前世の『俺』は『カーマイン』ではないということもできるわけで……まぁ、皇帝としてはどうでもいい話だな。

閑話休題、そんな最近増えたレイジー・クロームとの雑談の中で、彼がそういえばと何気ない話題かのように、とんでもない話を切り出した。

「鉛入りワインはもう規制したのか？」

俺はこれについて、全く言っている意味が分からなかった。

「なんの話だ」

「いや、初めて会った時に忠告しただろう。ワインに気をつけろと」

俺は、この男と初めて会った時のことを少しだけ思い出す。確か一方的に襲撃されて、戦闘になって、弱火で焼いて、交渉して……。

「あぁ、そういえば最後にワインを飲むなと言われたか」

「いや、鉛入りワインと言わなかったか」

……いいや？　さすがに俺も、鉛が人体に有毒だということは知っている。だから鉛と言われたら印象に残っているはずだが……。

「言われてないと思う」

「そうだったか……では、規制はしていないのか」

もちろん、していない。だが、確かにそんな話を前世で聞いた気がする。

「確か、古代ローマ帝国が滅んだ理由の一つだった気がするな」

「そうなのか。私は……名前は忘れたが作曲家の耳が聞こえなくなった原因の一説として聞いたが」

へぇ、鉛中毒って難聴になるんだ。

「しかしそうであれば、確かに危険だな。そのワインはどこに出回っているんだ」

「いや、私に言われても」

なんとレイジーも知らないらしい。まぁ、危ないものは口にしなくて当たり前か。

「しかし鉛の危険性は知っている人間も多そうだが」

ヴォデッド宮中伯なんかは、鉛は毒として認識していたはずだ。つまり、少なくとも密偵の間では毒という認識なはず。

「密造酒かもしれないな……私も飲んだことはないから味も分からないし、製法も知らないからな」

あぁ、やっぱりそうだよな。

しかし正しい製法で作ったワインに鉛は入っていない。そして専門知識がない以上、安全な見分け方を俺は知らない。かといって放置できる問題でもないな。

「判別がつけられないなら、密造酒を全面的に禁止した方が早いか……」


こうして俺は、密造ワインを全面的に廃止しようと諸侯に意見を募り、特に反対もなかったので、密造ワインを禁止する法を制定したのだった。

＊＊＊

……のだが。なんと、反乱が起きました。

「陛下、今回の反乱ですが……皇帝直轄領であるアフォロア公領を中心として、周辺に急速に広がっております」

「……意味が分からない」

しかも反乱を起こしたのが、これまで俺を支持していた農民たちである。

「ラミテッド侯領、及び帝都周辺の反乱は鎮圧済みです」

涼しい顔をして報告を続けるティモナに続き、ヴォデッド宮中伯からも報告を受ける。

「この件については、場所によって状況も様々なようです。アフォロア公領での反乱は、現地で大々的に密造をしていた商人の先導で拡大したようなので、反乱と見なしていいかと」

机に広げられた帝国の地図、その中で反乱の発生した場所に宮中伯が色を塗っていく。

……おい、赤で塗るのはやめろ。悪意しか感じないぞ!

「帝都近郊で起こった事件についてですが、これはどうも挙兵というより、抗議活動のつもりだったようです。しかし抗議の一環としてワインを飲んでいたところ、一部が暴徒化し、止まらなくなったそうです」

馬鹿じゃねえの!?　なんでこんなことになってんだ。

「それと、帝都内でも摘発を強化している件ですが……それほど対象者は多くないものの、ワインの流通量が減るのではないかという不安からか、市場の価格が値上がりしているようです。これに対し、黄金羊商会からの提案です。帝国として輸入ワインを購入し、陛下からの恩赦として、市民に振る舞ってみてはとのことです」

なんでワイン飲んで暴動が起きた直後に、その近くでワインを……あ、くそ絶妙に安いな。まぁ、このくらいなら払うか。

「余の私財から出しておいてくれ」

「しかしワインの名産地であるメヨムラル伯領などでは、今回の一件はむしろ大いに歓迎されているようです……密造ワインの影響で、打撃を受けていましたから。少し話がそれますがこちら、メヨムラル伯からの書状です」

そういって差し出された手紙の内容は……感謝の思いを込めて、収穫祭の名前に次から俺の名前を使いたいと。

ダメだ、これも煽りにしか見えない。俺は無言で破り捨てる。

「お断りを？」

「勝手にしろと伝えろ」

なぜだ。他の法や改革はすんなりと受け入れられたり、反発はありつつ水面下で耐えていたりしただろう。反発していたのも、下級貴族だったはず。

なんで急に、平民が過剰なまでの反応をするんだ。


……あれ、これ俺が間違っているのか？

「そんなに密造ワインは多かったのか。もしかして余は、帝国の現状に合わない法を通してしまったのだろうか」

「確かに、ワインの密造は比較的横行しておりました。しかし、密造ワインがなければ生活できないという訳ではありませんでした。それに、当初の目的である鉛入りワインは実際に摘発できており、成果をあげています」

ヴォデッド宮中伯の言う通り、鉛入りワインは摘発できている。どうやらこのワインは、供給が足りず高価なはちみつの代わりに横行していたらしい。しかしここ数年、黄金羊商会との交易で砂糖が交易されるようになると、砂糖を使ったワインが作られるようになり、これによりはちみつの価格も安定。結果的に、リスクを冒してまで鉛を入れる必要がなくなったと。現在も作っているのは、本当にごく一部の悪徳な連中だけらしい。


そんなヴォデッド宮中伯に、俺は疑問をぶつける。

「では、この現状はなんだ。なぜこんなことになっている」

「一つは、法の内容を理解してないからでしょうね」

今回の密造ワイン禁止法は、商業目的での密造と密売のみを禁止している。だから個人的に家で作って飲むのとか、例えば村での祭りのためにみんなで作って飲む……といったものは、一切禁止していない。

「どうも、職人組合に加盟してない人間は全員摘発されると勘違いした人間が暴走したようですな。平民にはよくあることです」

つまり、これまでの法や改革についても、平民はちゃんと理解してない可能性が高い……？

もちろん、理解している人間も多いはずだ。識字率は低いが、彼らもバカではない。読める人間から聞いたり、人伝いに聞いたりするだろう。だがすべての人間がそうではないし、些細な解釈の違いが、人伝いに広がっていくうちに、少しずつ大きくなっていく。

やっぱり、識字率を上げる必要があるな。教育機関か……一から作ると軌道に乗るまで何年かかるか分からない。何か案を考えておかないとな。

「あとは……ガス抜きですな」

結局のところ、小さな不満がたまっていて、今回の一件で噴出しただけに過ぎないと。

「彼らにとって、これは祭りのようなものです。娯楽が少ない平民の間では、割とよくあることです。都合よく、不満を発散してくれたと思いましょう」

「……なぁ宮中伯。今回の件、もしかして卿は利用したのではないか。わざと煽りはしなくとも、いい機会だからと……民衆の溜まった不満をある程度発散させるために、この騒ぎを静観した。違うか？」

俺が宮中伯にそう詰め寄ると、彼はあっさりと答えた。

「はい。しかしこの不満は陛下に対してというより、それ以前の……宰相や式部卿の治世の間に積もったものです。下手にラウルやアキカールの残党と結びつかれると面倒なので、先に発散させました。これくらいくだらない理由の方が鎮めやすいので」

やっぱりか……。騒動の広がり方といい、その鎮まりやすさといい、おかしいなとは思ったんだ。

全部お前の手のひらの上かよ。

「お前、そうやってたまに独断で動くの、悪い癖だぞ」

「申し訳ありません。ですがご報告すれば、『そんな事案で反乱とか恥ずかしいから止めろ』とおっしゃりかねないと思いまして」

……否定はできない。だが彼ら農民が本格的に蜂起すれば、俺は彼らを武力で鎮圧しなければならない。皇帝が自国の平民と戦うとか、考えたくもない。……いや、宮中伯も含めた貴族としては、そこに忌避感を感じないのか。

「ご安心ください、陛下。こういうことは数年に一度起こる物です。失策がなくとも、天災などで民衆の不満は溜まりますから、それをこうして発散させるのです。良くあることなので、十年もすれば次の騒動に上書きされて忘れられますよ」

俺は宮中伯のその言葉を信じ、今回の一件はすぐに忘れられるだろうと、気持ちを切り替えることにした。

……結論から言えば、この事件は「ワイン騒動」としてずっと語り継がれることになる。

テアーナベ出征

春から夏へと差し掛かる中、俺は周辺国との外交交渉に熱心に取り組んでいた。

というのも、外務卿を解任して以来、俺がその職務を受け持っているからな。そして来年の、俺の結婚の際には各国の代表が帝都を訪れる。そのタイミングで条約を結んだり、同盟したりできるように、色々と交渉しているのだ。

帝国は現在、テアーナベを国としてカウントすれば七か国と領地が接している。そのうち、過去五十年間で交戦した国は六か国……これは帝国が、これまで弱体化を続けてきた理由の一つである。

俺はこの状況を改善するために、積極的に動いている訳だ。

まず、皇国とは十数年ぶりに外交交渉を開始した。とはいえ、帝国にとってライバルでもある皇国と友好関係にはなれない。今は「断絶状態ではない」というだけである。

ただまぁ、今の皇国は一昨年までの帝国のように、大貴族による大規模な政争が起こっており、すぐに侵略してくることはなさそうだ。今はこの政争の行方を知るためにも、積極的に使節を送っている状態だ。

次に南方三国……アプラーダ王国、ベニマ王国、ロコート王国の三国について。この三国は長いこと同盟を結んでおり、常に協力して帝国と戦ってきた。そして帝国は前回の戦争で、アプラーダ王国とロコート王国にそれぞれ広大な土地を奪われている。一方、ベニマ王国は両国に挟まれながら、圧倒的国力差とワルン公の抵抗に遭い、前回の戦争でも一切の領地を得られなかった。

こういった事情もあり、前回は強固な同盟で結ばれていた三国も、現在はベニマ王国がアプラーダ、ロコート両国の言いなり状態になっている。

帝国の外交を担う俺は、このアプラーダ、ロコートに対し、水面下で交渉を開始した。内容は、平和的交渉による領地の返還だ。まだ実績の少ない皇帝として、一部でも領地を取り戻したい……とかなり下手に出て交渉しているのである。

とはいえ、「返してください」と言って領地が返ってくるわけもない。そこで俺が提案しているのが「ベニマ分割案」である。

一番小国で、国力も小さいベニマを三国で組んで攻撃。そして帝国が占領したベニマ領と、現在割譲されている帝国領の一部を引き換えるという案である。兵数の多いアプラーダやロコートと戦って消耗するより、帝国としては消耗の少ない方法での領地の奪還だ。

アプラーダやベニマとしても、帝国と正面切って戦うよりは少ない犠牲で土地が得られそうな案である。

とはいえ、長い歴史のある同盟を簡単に切れるわけもなく、まだ南方三国の同盟は有効である。ただ、すぐに交渉を打ち切らず、何度も交渉のテーブルに着くあたり、アプラーダもロコートもこの分割案に興味を示している。

そしてそんな水面下の動きを察知したベニマとは、現在極めて険悪な関係になっている。

……まぁ、「ベニマ分割案」なんて完全なブラフなんだけど。

もちろん、奪われた土地は全て奪い返す。一部だけ返ってくればいいなんて少しも思っていない。いずれアプラーダとロコートは徹底的に叩き潰す。だが、この三国の同盟はとにかく厄介だ。だからこれは、その同盟関係に楔を打つための甘言であり、また単純な時間稼ぎである。

本当は奪われた帝国領を諦めるつもりなんてないとバレたら、「早いうちにもう一度帝国を叩いておこう」なんてことになりかねないからな。三国の同盟関係に亀裂が走るよう、徹底的に揺さぶりをかける。これはその布石に過ぎない。

他にも色々と動いているが、ここまでの交渉としては順調に進んでいる。唯一分からないのはガーフル共和国……ここは貴族共和制、つまり貴族たちによる議会で政治が動くせいで、政権によって帝国に対する態度がコロコロと変わるのだ。ただそれは、逆に言えば国家としてまとまりがないということ。強力な騎馬兵が動員できる国ではあるが、一度に大軍で侵攻してくるというリスクはかなり低い。油断はできないが、全面戦争にはならないだろう。

外交以外でも、アキカール地方は元摂政派の諸侯に『踏み絵』代わりに攻撃させ、既に虫の息だ。基本的に順調……だったのだが、ここにきてちょっと面倒なことが起き始めた。

俺はラウル僭称公討伐に功績のあった貴族に、土地を分け与えた。これはあまり後回しにすると皇帝が利益を独占しようとしていると警戒されるから仕方がなかった。だがこの分配がほとんど済んでしまったため、その利益にありつけなかった貴族たち……内乱の初期において様子見を決め込んだ連中や、当初は敵対していた貴族たちが、「活躍の場」を求めたのである。

これはつまり、分かりやすく言うと「土地をよこせ」ということだ。

だからアキカール討伐を命じたのだが、あそこはもう「楽に倒せる」敵ではなくなっている。アキカールの抵抗勢力も、自分たちに未来がないことは分かり始めているのだ。だから必死で抵抗する。そしてそんな敵を相手にすると、どうしても消耗が増える。

それを嫌がった彼らが提案してきたのが、テアーナベ連合の討伐である。

テアーナベ連合は俺が傀儡だった頃に、帝国から一方的に独立を宣言していた勢力だ。まぁその独立の黒幕である黄金羊商会は既に帝国についている。

残ったのは、唆されるがままに独立した貴族たち……テアーナベ連合とは結局のところ貴族の集まりであるため、強力な中央軍などが存在しない。そして俺が黄金羊商会と組んだことで、帰参することもできなかった哀れな連中だ。たしかに、楽して戦功をあげたい貴族にとっては「美味しそう」な勢力だ。また、皇帝である俺としても、一方的に帝国から独立した連中を許すわけにはいかない以上、討伐するべきという意見には賛同するしかない。

それに、貴族の要求を門前払いできるほど俺の権力は圧倒的ではないしな。

こういった事情もあり、テアーナベ連合の討伐が決定した。

＊＊＊

この出征は、盤石な布陣で固められた。まず、噂を聞き付けた黄金羊商会が戦力でバックアップに乗り出した。これはまぁ、そもそもテアーナベ連合が独立したのが彼らのせいだからな。そのお詫びも兼ねているようだ。これにより、食料や資金面での懸念がなくなった貴族たちは大規模な兵力を集めてきた。

今回の戦争は、内乱で功績を立てられなかった貴族の要望による出征のため、ワルン公やチャムノ伯、マルドルサ侯は参加しないことになった。また、アキカール勢力の攻撃に兵を出している貴族は、この出征に参加しないことになった。とはいえ、ほとんどの貴族は抵抗が強いアキカールよりも、烏合の衆であるテアーナベ連合の攻略に名乗りを上げた。アキカール侵攻に従事しているのはドズラン侯や、クシャッド伯など、一部の貴族だけだ。

俺が直接指揮できる直轄軍、一万。その他、ゴティロワ兵やアトゥールル兵、他にもベルベー人魔法兵など、シュラン丘陵の戦いでも馴染み深い顔ぶれ、そこに信用できる貴族としてヌンメヒト女伯の軍を合わせて二万。これが俺のいる本隊である。これに加え、諸侯軍や同盟国の援軍を合わせ、計七万という圧倒的兵力でテアーナベ連合へと侵攻した。


正に、負けるはずのない戦いだ。


テアーナベ連合も、必死で傭兵をかき集めた。それでも圧倒的な兵力差のある帝国軍は、オリエール＝ラ・サント＝ルジェという場所でテアーナベ連合軍と交戦し僅か三時間ほどでテアーナベ連合軍を壊滅させたのだった。

正に圧勝である。圧勝過ぎて、最後尾にいた俺が戦場に着く前に終わってしまった。

俺がその知らせを受けたのは、なんの因果か、懐かしい『カーマイン丘』の近くであった。俺がかつて、傀儡時代に名付けたなんの変哲もない丘。何もなさ過ぎて、わざわざ寄ることもなく過ぎていた途中で、この知らせを受けたのだった。

「以上が、オリエール＝ラ・サント＝ルジェでの戦いの概要となります。そして現在、各部隊は掃討戦に移行しました。我が軍は三つに分かれ、右翼をラミテッド侯が、左翼をマルドルサ侯が、そして中央軍をボキューズ子爵が指揮するようです」

シュラン丘陵でも部隊を指揮していたエタエク伯家家臣のボキューズ男爵は、その功によりエタエク伯から子爵に任じられた。まぁ、それはいいんだが……。

「中央軍？　予定では我々と合流するはずだったのでは」

「どうも、功績を挙げたい貴族が担ぎ上げたようです」

独断専行かよ。まぁ、勝ち戦だから別にいいか。

「この様子だと、今月中にはベルベー王らと会談ができそうですね」

「テアーナベ連合を平定次第、エーリ王国方面を経由して合流だぞ？　もう少しかかるだろう」

今思えば、浮ついていたのだろう。勝ったと思い込んでいた。

本当に、負けるはずのない戦いだったのだ……テアーナベ連合相手には。

第八章　皇帝成人編

前方への脱出

「起きたか」

俺は横になっていたソファから身を起こす。だんだんと、頭がはっきりとしていく。

「意外と縁起ってあるのかもしれない」

「起きて早々なんだいきなり」

思い起こせば、完全にフラグは立っていた。貴族に突き上げられるがまま出兵を決め、勝ってもないのに勝った後の会談の話をし、まだ終わっていないのに勝利を確信して独断専行を見逃した。というか、あのドズラン侯が参加していない時点でもっと怪しむべきだった。完全に俺も油断してただろ、これ……。

あとカーマイン丘。俺……確かあの丘にそう名付けて、直後にガーフル騎兵の襲撃受けてなかったか。もはや呪われてるだろ、あの丘。

……まぁ、縁起の話は冗談だが。俺としても、状況の整理がついた。そしてここからやるべきことも。

「ティモナ、宮中伯、状況は」

「この部隊は被害はありません。現状でも、我々は二万の兵を動かせます」

本隊の二万は最後尾をつけていた。だから背後で起きた反乱軍が、すぐに俺たちを攻撃しようと動いていれば、既に捕捉されていてもおかしくない。それがないということは……反乱軍はまだ蜂起しただけか。

「他は？」

俺はそのまま、宮中伯とティモナからの報告を受けていく。


まず左翼だが、旧摂政派貴族の多かったここは、反乱の知らせを受けた直後に多くの貴族が撤退を決め込んだらしい。一方で、マルドルサ侯など一部の貴族はその場で部隊を再編中だと思われる。

次に中央部隊だが、これは最悪の知らせである。突出した彼らは敵部隊の夜襲を受け、現在進行形で敗走しているらしい。ただし、ボキューーズ子爵自身はまだ交戦中のようだ。

そして最後に右翼の状況だが……ここの指揮官はラミテッド侯ファビオだ。彼はガーフル共和国軍の攻撃を受け、既に敗走しているらしい……ただし、東へ。

「まさかガーフル共和国領へ逆に侵入するとはな」

テアーナベ連合東部の攻略を目標にしていた右翼は、なんと「北から」ガーフル騎兵に襲われたとのこと。そこでファビオは、そのまま右翼をまとめ上げ、東にあるガーフル共和国へ侵入したとのこと。そしてガーフル領を突っ切って帝国へ帰還するつもりとのことだ。

「それと、彼からの伝令で多くのことが分かりました。まず、我々の同盟国であったガユヒですが、ガーフル兵の力を借りた王族のクーデターにより、敵になったと見ていいでしょう。ガユヒの大公は、残念ながら既に亡くなっているようです」

「それと、どうやら東への撤退はガーフル兵も予想外だったようだ。上手く引きつけ、戦いながら撤退していると書いてある……数日はこの本隊までガーフル軍は来ないだろうな」

そう言って、報告を引き継いだレイジーに、俺は聞き返す。

「書いてある？」

「暗号だよ、皇帝軍で採用することになった後、個人的に教えてくれと言われたから教えてたんだ。大量の伝令を放ち、届いたのは一人だけだったが……鍵《キーワード》は私しか知らないものだ。敵に解読されることはない」

そうか、暗号……さっそく役に立ったのか。

「相変わらずついていない男だと思ったが……成長しているな」

さて、これでおおよその情報が集まった。まず、背後の反乱軍はすぐに交戦となる距離にはいない。だが、撤退は厳しいだろう。一方で、正面の敵は不明だが、中央部隊と交戦中、東は十分に時間が稼げている……が、いつガーフル軍が引き返してくるか分からない以上東からの撤退は厳しい。

「西へ退くべきだろう」

「まぁ、普通に考えればそうだな」

そうだ、西は空いている。今から西進すれば、簡単に撤退できる……本当か？　ならなぜ、左翼は撤退している？

俺が敵だったら、この一連の襲撃を描いた黒幕だったらどうするか……決まっている。罠に追い込んで皇帝を殺す。

「西は罠だろう」

俺が口を開く前に、ペテル・パールがそう言った。

「やはりそう思うか」

「あぁ。誘われているようにしか思えん」

うん、俺も怪しいと思う。というか、そもそもこの状況、たぶん作り上げたのはテアーナベ連合じゃない。


かつてテアーナベ連合は、黄金羊商会の指揮のもと、帝国軍と戦わずに領内に引き込み、そして撤退させた。だがその時、領主であるテアーナベ連合の貴族たちはこの戦法に猛反発し、その結果、黄金羊商会はテアーナベ連合から追い出された。そんな連中が、自分たちが嫌った戦法をするだろうか……それもわざわざ、主力部隊を会戦で大敗させてまで。

俺がテアーナベ連合の指揮官なら、会戦前に反乱を起こさせる。その時点でも帝国は退路を塞がれることになっていたのだから。

「では、どちらに」

西は罠だとしたら論外。南の反乱は伯爵らがどれくらい準備し、何を目論んでいるか分からない以上、西よりも危険かもしれない。そして東は最悪ガーフル軍との全面戦争……大陸最強の一角といわれるガーフル軍に、事前準備もなく挑みたくはない。

そうなると、残る方角は一つしかない。

俺は居並ぶ面子を見回す。ペテル・パール、サロモン、ヌンメヒト女伯、歴戦の勇士といっても過言ではないメンバー。これなら、いけるな。

「前へ……つまり、北だ」

正面突破だ。それで道を開く。

エンヴェー川の戦い

その後、北上した本隊二万は、ジェロウ市という都市を無血で攻略。そして接近していた敵部隊を迎撃すべく、エンヴェー川という川まで接近していた。

都市を無血で落とせたのは、オリエール＝ラ・サント＝ルジェでの『敵の壊滅』が、本当に比喩ではなく致命的な一撃だったからだ。この都市に抵抗するだけの戦力がないくらい、テアーナベ連合軍はあの戦いで壊滅していたらしい。

俺はもう、今回の出征における目標を変更することにした。どれだけテアーナベの兵力が瓦解していても、二万の兵力では全土の平定は無理だ。だったらもう、今回の遠征は失敗したものとして、

別の目的に切り替えた方がいい。そこで俺は、二つの目標を立てた。

一つは「勝ったように見える負け方」だ。つまり、戦闘で負けて帝都に帰るのでも、なんの成果もなく逃げるのでもなく、野戦で勝ったり、都市を落としたりして、そういった成果を積み上げて秩序ある撤退を完遂する……これを目標にするのだ。

もう一つは、次のテアーナベ連合討伐が成功するような「仕込み」を行うこと。もう今回は平定が無理なら、次の平定の時に拠点となるような都市を確保して、それを成果として帰還したい。

つまり、今回の出征目的を「平定」から「攻撃」に切り替えるのだ。


「テアーナベ連合軍ではなく、傭兵か」

北へ進んだ結果、接敵した敵部隊……それを目視で確認できる距離まで近づいた俺たちは、行軍隊形を解き、戦闘隊形へと移行しているところだった。そこで俺たちは、ある男と合流していた。

「はい。そして彼らこそ、シュラン丘陵でラウル僭称公の代わりに部隊を指揮し、強固に抵抗させた傭兵部隊です」

そう話すのは、盲目の元聖職者……デフロット・ル・モアッサンである。彼は壊滅した中央軍の残存部隊、ボキューズ子爵率いるエタエク伯軍にいたようだ。そして戦闘の中で重傷を負った子爵を治療していたところ、接近する俺たちに気が付いたらしい。

「ボキューズ子爵の容態は」

「一先ず、一命を取りとめております。脈も安定しました」

俺たちは今、ジェロウ市に五千の兵を残し、一万五千の兵を引き連れている。この部隊で、正面に見える敵を撃破することが今の目標だ。

「そうか、なら都市へ撤退させよ」

部隊を突出させ、敵の攻撃で壊滅した。自業自得な部分もあるが、命がけで戦ったのも事実だ。それに、兵士に罪はない。彼らは都市まで撤退させ、少しでも休ませるべきだろう。

「陛下、確かに子爵は部隊を壊滅させる失敗を犯しました。しかしそれに見合うだけの収穫を得ております」

「収穫？」

「陛下、レイジー・クロームをお呼びください」

転生者です、と彼はいった。

「白龍傭兵団、彼らはそう名乗っております。その副団長が転生者です」

「副団長？　団長ではなくか」

はい、とデフロットははっきりと答える。確信を持ったこの感じ、本当に調べはついているらしい。

「名前はアウグスティーヌス・フォン・ヴァルケ。魔法使いです」

「ちょっと待て、名前まで分かるのか」

「はい、彼とボキューズ子爵は昨晩、一騎討ちを行いました。彼の傷はその戦いで負ったものです」

そういえば、皇国には一騎討ちで名乗る文化があったな。

なるほど、だから名前まで判明しているわけだ。

「それで？　『アインの語り部』は彼の殺害を許すのか」

「陛下のお命を最優先に、との指示が出ております」

最近見ていないと思ったら、どうやらデフロットは長いこと、シュラン丘陵で僭称公亡き後も敵が士気を保っていた理由を調査していたらしい。


「その正体が、転生者だと」

「おそらくは」

そしてデフロットは、敵軍の方を指差した。

「なるほど、確かに部隊の前面に、一人だけ突出している……あれが転生者か」

レイジー・クロームの言う通り、如何にも一騎討ちを所望してそうな男が一人、敵軍の先頭に立っていた。

「彼が得意とする魔法は【防壁魔法】です。薄く鋭いその魔法を刃物のように攻撃にも転用することで、不可視の斬撃として使用しています」

「そこまで分かるのか!?」

俺が思わず驚きの声を漏らすと、デフロットは閉じられたままの自身の目を指差した。

「私の義眼は、そういうのも見れます……疲れるので長い時間は使えませんが」

出鱈目な魔道具……オーパーツか。

「つまり、私にアレを一騎討ちで倒せと」

「えぇ……可能な限り、私が見た情報を教えます」


そうして俺たちが情報共有をしていると、今度はペテル・パールが馬を走らせ駆け寄ってきた。

「どうだった」

俺たちが向かい合っている場所は、なだらかな平地になっていてほとんど敵の数や布陣が分からない。そこで俺は、近くの高台にアトゥール族を走らせ、偵察してもらったのだ。

「今描く」

そう言うと、彼は矢筒から矢を一本取り出し、その場の地面に地形と敵の布陣を描いていく。

「川は半円状、敵の左右と背後を囲うようになっている。それと、先日の雨で川は増水していて渡れそうもない。しかし敵は、唯一の橋を自分たちの手で破壊している」

「背水の陣か。敵は死ぬ気で戦うつもりらしい……傭兵なのに見上げた根性だ」

レイジー・クロームのその言葉に、俺は何か引っかかった気がした。だがその違和感の正体を掴めぬまま、俺はペテル・パールに尋ねる。

「敵兵数はどのくらいに見えた」

「最低五千、最大八千の範囲だと思う。それと、中核は傭兵らしかったが、テアーナベ兵の生き残りらしいのもかなりいたぞ」

「確かに、混成部隊なら背水の陣は意思統一がしやすそうだな」

レイジー・クロームの言葉も、間違っていない。撤退できず、戦うしかないなら指揮系統も何もいらない。

「デフロット！　昨夜の敵兵は？」

「一万近くはいたように感じましたが……八千かもしれません」

正面戦力は実際の敵兵数より少ない可能性がある……陽動か。そういえば本来の背水の陣もそういう戦法だったな。

まずい……既に戦闘隊形を組んでいるせいで、この場に動かせる指揮官がいない。皇帝軍を除けば一番兵力の多いヌンメヒト女伯の部隊は、最前列で既に敵と向かい合っている。デフロットは念のため置いておきたいし、ペテル・パールか……いや、それこそ遊撃隊として手元に残したいな。

「……ティモナ、至急予備兵力三千を率いてジェロウ市へ向かえ。決して市内には入らず、敵の別働隊を撃破しろ」

仕方ないが、ここはティモナだな。護衛は近衛やサロモンがいて足りてるし、ティモナなら功を焦って余計なことを……なんてこともないだろう。

これで敵の狙いが都市ではなく、俺の首だった場合もアトゥールル騎兵を残しておくことでカバーできる。

だが、俺の言葉に対し、暫く待っても返事がなかった。

「……ティモナ？」

俺の命令が聞こえていなかったわけではないだろうと振り返ると、ティモナは冷ややかな目で俺を見ていた。

「陛下、私はシュラン丘陵での一件を思い起こしております」

「……え？　お前まだアレ根に持っていたのかよ」

確かに俺は、夜襲の前に「私が近くにいる時は無茶して良いですよ」的なことを言われた後、シュラン丘陵での戦いの際はティモナのいないところで突撃したが……え、お前本当にまだ引きずってるの。

「小さい男はモテないぞ」

「嘘つきに言われたくありません」

……てぃ、ティ、ティモナが反論した⁉　これが反抗期ってやつか！

「なぜお前は感動しているのだ」

レイジー・クロームが引き気味に突っ込んでいる。

無理もない、こいつはティモナが反抗することの希少性が分かっていないんだ。

だがまぁ、今回は本当にティモナが必要な場面だ。俺が信用できる指揮官として、働いてもらわなくては。

だから俺は、笑顔でこう言った。

「思い出せ、ティモナ。俺はその時、否定も肯定もしてないぞ」

それから長い沈黙の後、ティモナは小さく頷いた。

「なるほど。では行って参ります」

「あぁ、頼んだ」

ティモナも、その場面を思い出したらしい。まぁ、あの時はシリアスな話してたからな。まさかそのどさくさに紛れて誤魔化されたとは思わなかったのだろう。

「別働隊か?」

ペテル・パールの言葉に、俺は頷く。

「あぁ。実戦で使われた戦術としての背水の陣は、別働隊による敵背後にあった拠点の攻略とセットだった」

あの国士無双、韓信が井陘《せいけい》の戦いで使った戦術だ。確か敵より兵力が少数で、尚且つ練度も低かった韓信は、本隊には川を背にさせ退路を断って死力を尽くさせ、その隙に別働隊で敵の城を落としたんだ。……こんな戦いの名前まで覚えているのか、この記憶は。

まぁともかく、相手が転生者ならそこまでやってきておかしくない。

やがてティモナが本陣から離れると、レイジー・クロームが再び口を開いた。

「最低だな、お前」

「随分と不敬な物言いだな、ヌンメヒト女伯従者、クロームよ。罰としてあの如何にも一騎討ちを望んでいそうな魔法使い」

俺は、何やら遠くでこちらを挑発しているらしい転生者を指差す。

「奴を討ち、我らに勝利をもたらすがよい」

「ご命令とあらば」

＊＊＊

その一騎討ちは、見応えのある戦いだったと思う。

空間魔法による防御と異空間から射出した剣を操作する攻撃、それに対する攻防一体の防壁魔法。両者譲らず、目まぐるしく攻防が繰り返される。

「すさまじい」

近くにいたサロモンが呟く。転生者二人の魔法の応酬に、何やら感化されているようだった。

ただ、二人があまりに激しく戦うものだから、周りの兵士たちは交戦することなく、見ていることしかできない。もちろん、銃兵や弓兵で狙撃しようと思えばできるだろうが……それをやると、確実に自分たちの兵の士気が下がる。敵としてはこの一騎討ちで勝って、背水の陣を敷いた兵の士気をさらに高めたいはず。こちらとしては、死に物狂いで戦うであろう敵と兵同士をぶつけると、手痛い損害を被りそうだし様子を見たい。

「陛下、二人の力量はどちらが上でしょうか」

まるで試合観戦でもするかのようなサロモンに、俺は思わず苦笑してしまう。まぁ、この男はやる時はやる人間だからいいのだが。

「まだ分からん。レイジー・クロームは全力ではないし、敵も奥の手を出していない」

どうせお互い、まだすべての手札を見せていない。転生者ってのは、俺含めて「奥の手」とか好きそうだし。

「ほう、まだ余裕があると！」

二人は派手な戦いを続ける。というか、敵の攻撃で地面がえぐれているから激しそうに見えるだけか、これ。

……敵の転生者が使っている魔法、一対一よりも一対多数向けの魔法じゃないか。一人を殺すためには、無駄が多いだろ、それ。

「敵はなんですぐに決着をつけに行かないか知らないが、レイジー・クロームはこっちのことを考えてくれているようだ」

俺がそうつぶやいたところで、敵の戦法に変化があったようだ。レイジー・クロームが負傷する。

「平気でしょうか」

さすがに観戦モードのサロモンも、味方の負傷には心配をするらしい。

「問題ないさ。むしろ今ので分かった。レイジー・クロームが勝つ」

敵は切り札を使ったが、レイジー・クロームは切り札を使わずにそれを捌いた。ならもう、レイジー・クロームが勝つ。

「ケガする必要はなかったと思うがな。ちょっと慢心したな」

まぁ、勝負の最中に油断してケガするとか、そういうところが懐かしさを覚えるんだけどな。

クロムラレイジ……その名前を聞いても別にピンとこないし、顔も覚えていない。いくら思い出そうとしても、ほぼ全て塗りつぶされてるかのような感覚だ。ただ懐かしさを覚える……うん、意識するようになって分かったが、やっぱりこの記憶はいじられてるな。思い出せないのではなく、記憶がないいんだ。

あぁでも、おそらく俺の友人だったそいつは、確か近所の女の子と仲良くて……。

「陛下。伝令です」

宮中伯の声に、俺は現実に引き戻される。

「ティモナか」

「はい。敵別働隊二千と交戦状態に入ったと」

二千か……三千じゃ厳しいか？

……いや、大丈夫だろう。ティモナは勝つ必要がないことが分かっている。堅実に立ち回ってくれるはずだ。敵兵も、別にガーフル兵のように警戒するべき強さはないし。

ん？　この感じは。

「そろそろ終わりますね」

サロモンの言葉に、俺は同意する。

「あぁ、魔力枯渇だ」

一筋の光線が走った。それが決着だった。

敵の転生者がゆっくりと倒れる。

……今の最後の一撃、俺の魔法《フラマ・ラクス》じゃねぇか。あいつ、いつの間に使えるようになったんだ。

そして、こちらの兵から上がる歓声。一騎討ちの勝利で士気が上がったようだ。一方で敵軍は……反応が薄い？　……ちょっと待て、何かがおかしい！

「デフロット！　敵を『視ろ』!!」

俺が叫ぶと、デフロットの両の瞳が開かれた。

その瞳は、いくつもの色に鮮やかに輝いていた。その義眼の持ち主、デフロットは苦痛に表情を

歪めながら叫んだ。

「何かが繋がってるッ！　アタマに、無数‼」

最悪だ、やらかした。クソ、何度やらかせば気が済むんだ俺は！

「全軍、突撃ィ‼」

魔法が見える目に、魔力が枯渇しても尚、見えたもの。それは魔道具の力に違いない。

やっと分かった……違和感の正体が。傭兵なのに根性があるように見えたのも、シュラン丘陵で僭称公の指揮だと勘違いさせたのも。

——こーゆーやつ、多いんですよ。魔法はイメージだから。

ヴァレンリールっ、アイツ最後まで言いやがれ……！

魔法はイメージが重要だから、同じイメージを強制する……脳に作用する洗脳系の『オーパーツ』が多いってことじゃねぇか！

＊＊＊

「陛下、敵の半数が撤退しました」

俺は、増水し泳いで渡れなさそうな川の前に立ち尽くしていた。

「敵はおそらく……」

「一騎討ちの最中に、魔法で橋を直していた。そして俺たちに追いつかれる前に、再び壊した」

魔法には二種類ある。魔力がなくなると解除されるものと、魔力がなくなっても解除されないもの。おそらく後者の魔法で直し、それでいて自軍の兵士には『橋は壊れたまま』と思い込ませていたのだろう。

「『オーパーツ』か……すまない、気がつけなかった」

「申し訳ありません、陛下。転生者に気を取られ、気づきませんでした」

レイジーとデフロットの謝罪に、俺は気にするなと答える。

元儀礼剣『ワスタット』も、周囲の人間を無条件に服従させるというもの……つまり洗脳系だ。

だが、それの存在をレイジーは知らないはずだ。そしてラウル地方の地下でヴァレンリールが話したこと、その内容をデフロットは知らない。

両方知っている俺が、気が付くべきだった。

それにしても、そのオーパーツはあまりにチートじみてないだろうか。

「課金アイテムでシバかれた気分だ」

洗脳アイテムは、便利だと思って使いたくなる人間が出てくるからダメだ。人類規模で悪影響が出る。そもそも集団への洗脳とか、あまりに非人道的過ぎるだろう。

脳に影響の出る『オーパーツ』は今後、見つけ次第潰す。片っ端から潰す……絶対にだ。

堅牢なるデ・ラード市

エンヴェー川の戦いは、俺にとっては苦い経験になった。その後、俺たちは軍勢を西に進めた。というのも、増水した川を越えるのは、最終的に撤退することを考えてもリスクが高く、かといって東からはガーフル軍が来る可能性があり、南へ戻っても敵に囲まれるだけになる。よって、消去法で西しかなかったのだ。

この頃になると、ペテル・パール曰く「罠の気配も消えた」とのこと。


そして俺たちは、テアーナベ連合の海岸線……なかでも北西部を占領することに成功。黄金羊商会という『補給路《海路》』を確保したのだ。

これにより、俺は最悪、単身で海路を使って帰ることも可能になった。だがそれをすると、間違いなく俺の評判は低下する。完全に兵を見捨てて一人で逃げ出したように見えるからな。つまり俺は今、シュラン丘陵で得た戦上手というイメージを保つために、「危機を自力で打開し、まるで凱旋のように撤退する」必要があるのだ。

ただ、海路が確保できたことで、帝都に無事を知らせることができた。これは本当に良かった……このままだと、間違いなく心配をかけさせただろうから。他にも、ベルベー王とエーリ王に、テアーナベ連合領で会談できなかったことへの謝罪と、来年帝都で会おうという手紙を送った。

そしてこの頃になると、状況も明確になってくる。

まず、クシャッド伯・ベイラー＝トレ伯・ベイラー＝ノベ伯の反乱……これは予想通り、反乱を起こした上で、領地から動いていない。本当に反乱を起こしただけだ。ここに対しては、テアーナベ連合領から撤退したマルドルサ侯らが対峙している。

次に、帝都の状況。こちらは比較的落ち着いているようだ。まぁ、ワルン公・チャムノ伯・ニュンバル侯という現在の帝国における三大貴族が、帝国には無傷で残っているからな。皇帝の身を案じることはあっても、自分たちの身を案じる必要がない分帝都の市民は落ち着いている。あと、ラミテッド侯ファビオは無事撤退に成功したらしい。生きていて何よりだ。

そしてアキカール地方の戦況だが、この千載一遇のチャンスにおいても、アキカール勢力は巻き返しに失敗した。その理由は、彼らの反撃をドズラン侯軍が撃退したからである。だがドズラン侯は常に下克上を狙っているような男だ……そもそも今回、クシャッド伯はドズラン侯と肩を並べてアキカール勢力と戦っていたはずなのだ。それを、クシャッド伯の離脱を見逃した上で俺に知らせもしないとか、明らかに怪しい動きである。

……まぁ、どうせ指摘しても適当な理由で言い訳するんだろうけど。

次に、ガーフル共和国。ここはまた政権が変わったらしく、反帝国派により、今回の侵攻は起きたという……そう、侵攻である。現在、ガーフル共和国の一部はテアーナベ連合東部に居座り、帝国のペクシャー伯領を……また本土からはアーンダル侯領を攻撃してきている。この二人の貴族は辛うじて耐えているものの、完全に防戦一方だということだ。

特にアーンダル侯は、先代が戦死しており、当代はまだ若い。かなり苦しむだろう。

これは同じく、対ガーフルの前線に領地替えとなったニュンバル侯も同じだ。まだ移動して日が浅いため、防衛を最優先にするしかないようだ。特に、ニュンバル伯時代は兵力も少なかったからな。諸侯の動かせる軍や、帝都に残した直轄軍の一部を援軍に向かわせているので、ニュンバル侯領はまだ攻められていないが、アーンダル侯の救援に向かえるほどの余裕もない。

それと、ガユヒ大公国については説明もいらないだろう。王族のクーデターによって首都は陥落。大公らは殺され、完全にガーフルの手足となって動いている。

これが、現在の「外」の状況。

一方で、テアーナベ連合領「内」に目を向けると、東部にはガーフルとガユヒの軍が我が物顔で居座り、それ以外は各領地で守りを固めている。中でも南部の、帝国領との境界近くは、テアーナベ兵によってかなり強固な守りだという。これは帝国からの再侵攻を警戒しているのもあるんだろうけど、俺たちを逃がすまいとしているんだろう。

まぁ、テアーナベ連合が南部に兵力を集中させてくれたおかげで、この北西海岸地域をあっさりと確保できたんだけど。

これが現在の、我々を取り巻く状況である。

＊＊＊

皇帝軍の目標は、秩序ある撤退と、次回侵攻するための拠点をテアーナベ連合領内に確保することである。

そしてその二つの目標を上手いこと達成できる都市が、ちょうど目の前にある。

それが港湾都市デ・ラード。テアーナベ連合南西部に位置し、テアーナベ連合でも有数の港湾都市、それでいて最先端の防衛設備を多数兼ね備えた、鉄壁の城塞都市である。そしてここから南へ進み、都市を二つほど無視すれば帝国領北西部、カルクス伯領である。

ただまぁ、この二都市が無視できないからカルクス伯の援軍は期待できない。それでも、デ・ラードさえ落とせれば陸路で撤退が可能。尚且つ、次の侵攻の際に、最前線の拠点にもなる。是が非でも落としたい……というか、ここを落とせれば俺が掲げた二つの目標は完璧になり、勝者のフリをして帝都に帰還が可能。一方で、ここを落とせないと安全な撤退さえ怪しくなってくる。

それが分かっているから、テアーナベ連合も動かせる兵力をすべてこの都市に入れてきた。その数、一万。対するこちらは、二万しかいない。

「正直、手詰まりだ」

俺は仮設の本陣で、諸侯の前でそう言いきった。


デ・ラード市を包囲して、既に約一か月が過ぎていた。

この間、敵はあまりにも盤石に、そして完璧に守っていた。

一方で、こちらは冬になればタイムアップだ。積雪すれば、部隊は動けない。まだ十一月だが、月が替わればいつ雪が降り始めても……冬に入ってもおかしくない。


「そもそも攻城側は三倍の兵力が必要と言われる中、こちらは二倍の兵力しかいません」

フルフェイスの重装甲鎧を着たヌンメヒト女伯の言葉に俺は頷く。

「まぁ、三倍いても怪しいくらいに隙のない守りだ。敵の指揮官は優秀だな」

というか、都市の設計師がやばいね。マジで近づくこともできない。

「こちらは攻城兵器をほとんど持っていない。大砲は小型の野戦砲が十門のみ」

そう状況をまとめたペテル・パールの言葉を、俺は一部訂正する。

「今さっき九門になった……しかもこれじゃ、あの都市の壁は撃ち抜けない」

「黄金羊商会の船に海路から攻撃してもらう……というのも難しそうですからな」

他でもない、その黄金羊商会が最先端の技術と金を注ぎ込んで建てた都市だからな。それはもう、黄金羊商会お墨付きの堅さ。しかもご丁寧に対艦砲座まで設置されている。

「とはいえ、背中を見せて逃げれば間違いなく追撃してくるだろう」

しかも敵はただ防衛しているだけでなく、定期的に無茶だと思えるような突撃をしてくる……おかげで気の抜けない包囲戦だ。

そして何より、俺はこの包囲戦の間、ほとんど何もできていない。

確かに、俺は野戦の方は何度か経験している。だが攻城戦はほとんど素人だ。そして目の前の都市は、ただの都市ではなく要塞都市だ。素人の俺が出る幕ではない。

だから俺は、ただ味方が苦戦するのを見ていることしかできない。まぁ、皇帝とは本来そういうものだと言われればそうかもしれない。それでも、俺にはそれが歯がゆかった。

指揮官たちは、現状こちらから打てる手はないという。俺もそう思う。都市の守りが堅すぎて、こちらからは手も足も出ない。せめて、敵が籠城せずに戦ってくれればなぁ。アトゥールル騎兵も魔法兵も、今回の包囲戦では強みを生かせていない。

そう悩んでいると、ヴォデッド宮中伯が紙をそっと差し出してきた。

「こちら、密偵が調べた情報です。希望になり得ますか」

……そこには、確かに光明となり得る情報が書いてあった。

だが、問題はそれをどう利用するかだ。城壁に近づくことすらできない現状ではなぁ。

空を見上げ、どうしようかと考える。

ふと、何か冷たいものが頬に触れた気がした。

「雨……？」

いや、違うこれは……雪？

嘘だろ……なんでこんな時に限って、例年より早いんだ！

「時間切れだな。損害覚悟で撤退戦だ」

ペテル・パールがそう言った。

だがそこで、待ったをかける声があった。

「いえ……むしろこれが最初で最後のチャンスでは？」

サロモン・ド・バルベトルテ……雪国の元将軍は、そう言い切った。

早すぎる冬、遅すぎる春、されど我らは帰還せり

それから二日後、止むことなく雪が降る状況に、俺たちは認めざるを得なかった。

例年より早い、冬が来たのだと。

帝国軍は、なんとしてでも積雪により動けなくなる前に帝都へ戻ろうと、その日の夜、闇夜に紛れて撤退を開始した……デ・ラード市に籠るテアーナベ軍は、そう判断した。

そして翌朝、帝国軍の陣地があった場所には、無数の死体が転がっていた。……テアーナベ連合軍の。

その日、デ・ラード市はあっさりと降伏した。

＊＊＊

作戦は本当にシンプルだった。冬が来たことに慌てて、闇夜に紛れて逃げるふりをして、夜襲に出てきた敵を迎え撃つ。

その作戦の要は三つ、一つはサロモンの諦めと切り替えだ。

「もう今から帰っても冬前には間に合いません、なぜならもう冬だからです」

彼は、雪の感触や気温、空を見て、総合的に判断してもう冬に入ったと判断した。

つまり今から急いで帝都を目指しても、その途中で積雪により動けなくなる。もう今更焦っても無駄だから、いっそこれを起点にしようと考えたのだ。

「大丈夫、二日三日ならこの地域の雪はそれほど積もりません」

つまり、積もるまでの数日間なら、全力で敵と戦うことができる。

もう一つの要は宮中伯からもたらされた、都市に潜入した密偵の調査結果。

「敵は我々に対抗するために、周辺から兵を集めました……故に、敵の指揮命令系統には大きな亀裂が生じています」

この都市を守るために戦っている指揮官と、他の都市から集められた貴族。彼らの間で大きな亀裂が生まれていたのだ。

途中で無茶な突撃をしてくるなぁと思ったのは、敵の作戦ではなく暴走だったわけだ。


そして最後の要。それは、こちらの魔法戦力。

「陛下、我々はまだ敵に全力の魔法戦闘を見せていません」

そう、野戦砲での攻撃や、銃兵による射撃はあった。だが魔法による攻撃はまだ一度もやっていなかったのだ。理由は敵の城壁に近づけて、貴重な兵力を失いたくなかったから。そしてそもそも敵の城壁が、魔法に耐性のある素材でできていたからだ。

だがこっちには、魔法が使える人間が大量にいたのだ。ベルベーの魔法兵部隊に、近衛の一部。アトゥール族も簡易的な魔法なら使えるという。そして将官クラスではサロモンを筆頭に、レイジー、ヌンメヒト女伯、ペテル・パール、バルタザール、ティモナ、ヴォデッド宮中伯、デフロット……そして俺。

……いや全員じゃねえか。

なんの因果か、帝国にとってはヴェラ＝シルヴィを除けば、ほぼ最大の魔法戦力が集まっていたのである。その火力を、結果的にエンヴェー川では見せずに温存できたわけだ。

撤退の偽装として、魔法が使えない兵を帝国方面に向かわせ、それ以外で敵を待ち構える。何より夜は、俺も周りを気にせずに暴れられる。

こうして、寡兵ながら魔法戦闘に特化した布陣が出来上がったのだ。

その夜何があったかは……鮮やかだったとだけ言っておこう。

そして一夜にして敵の大多数を殺戮した我々の前に、敵は降伏を決意したのだった。

まぁ、実はそのまま防衛を決め込まれてたら、俺たちは撤退するしかなかったんだけどね。都市内もビビらせられるぐらいの、魔法の見本市ができていたらしい。

＊＊＊

「あっぶねー！」

俺は帝都の門をくぐりながら、思わずそう漏らさずにはいられなかった。

「例年より早く冬が来て、よりによって雪解けが例年より遅れましたからな」

「それも大幅にな……危うく式に間に合わなくなるところだった」

デ・ラード市の攻略に成功した俺は、帝国領内のカルクス伯領を経由することで、単身でならいつでも帝都へ帰還しようと思えばできた。

だが、出征の際に大軍を引き連れていった皇帝が、単身で帰還したら帝都市民はどう感じるか……それを考えると、遅くても雪解けを待つしかなかった。実際、三人の伯爵の反乱は既に帝都に伝わっており、一時は皇帝死亡説まで囁かれたらしい。その後、何度か勝利の報は届いているはずだが、それでも一人で帰ってきたら「逃げ帰ってきた」と誤解されるかもしれなかった。


だから雪解けになるまで待つことになったのだが……結婚式関連の日程を一年前の時点で「四月に入ってすぐ」としていたからな。その予定は後ろに持って行けず、例年より遅い雪解けを待ち、急いで軍勢を率いて帝都に戻ってきた。

まぁ、出征したテアーナベ連合は帝国の北西部にあたり、帝都よりも雪解けがわずかに遅いというのもあったし、そもそも反乱を起こした領地を迂回して戻ってくる必要もあった。そういう様々な事情が重なり、帰還が遅れに遅れた。

ただまぁ、市民からの視線は狙い通り、悪くなかった。ちゃんと軍勢を引き連れて返ってきたからな……彼らにとっては、七万も一万も差が分からない。

まるで俺たちが遠征に成功したかのように歓声を上げている市民に、俺もまるで勝利の凱旋かのように手を振る。

実際は、この遠征は戦略的には失敗している。当初の目的はテアーナベ連合の完全な平定、それができるだけの兵力だった。

だが今回の戦果は、テアーナベ連合西部の制圧のみ。これは失敗と言っていいだろう。

個人的にも失敗の多い遠征だった。当初のテアーナベ平定に失敗し、敵のオーパーツ使いを逃してしまった。攻城戦はただ見ているだけだったし、その後の夜戦も、作戦を立てたのも指揮を執ったのも、全て俺以外だ。自分の経験不足がよく分かる、苦い遠征だった。

とはいえ、何も得られなかったわけではない。俺は戦術レベルでの勝利を重ね、軍勢の秩序を保って撤退に成功した。帝都では、密偵の工作もあり俺が連戦連勝の、戦に強い皇帝として広まっている。

まぁ、嘘は言ってないからな。だが結局、戦術レベルの勝利では戦略レベルの敗北を覆すことができなかった。

もう一つ良かった点としては相対的に俺の権力が補強され、中央集権化が進んだということだろう。今回のテアーナベ連合への出征を望んだ貴族は、その大半が旧宰相派・摂政派貴族だった。彼らが希望した戦争にもかかわらず、その貴族たちが真っ先に敗走した。もちろん、敗因は「三人の伯爵の反乱」である。だから敗走した諸侯の罪を咎めることはない。だが少なくとも、彼らの面子が潰れたことも事実だ。彼らが言い出した戦いで、真っ先に逃げ出したのだから。

これにより、彼らの発言力は大いに低下した。そしてワルン公やチャムノ伯はほとんど兵を動かしていないので変化なし。まぁ、国内だけで見れば勝利した戦闘の指揮を執った俺の一人勝ちだろうか。

……とはいえぎりぎりだったけどな。というか、いろいろな計画が今回の失敗で崩れたから、こうでも思わないとやってられないともいえる。


そして俺は、ようやく宮廷へと帰還した。半年ぶりの宮廷だ。

出迎えは錚々たる面々だった。ワルン公やチャムノ伯をはじめとする重臣、それにこれから妻になる三人、さらにベルベー王の姿も見えた。彼も無事、問題なく帝都に来られたらしい。

彼とは本来、テアーナベ連合を平定した後、そこで合流するはずだった。だが俺が平定は不可能と判断したタイミングで、帝都での会談に変更したのだ。

こうして見ると、まるで本当に凱旋のようだ。だが彼らが集まっているのは、当初の予定では、もう婚姻の儀式が始まっている予定だったからだ。

「おかえりなさい、陛下」

俺は、彼らの先頭で出迎えてくれたロザリアにだけ聞こえるように呟く。

「すまなかった」

間違いなく、また心配をかけたはずだ。表向きは勝ったかのように振舞っても、実質的には敗戦だからな。ロザリアも、気が気じゃなかったはずだ。

「陛下、ここはただいまと言うところですわ」

するとロザリアは、いつもと変わらない様子でそう言った。

まるで何も心配してなかったというような、毅然としたロザリアに、俺は思わず小さく笑ってしまった。

「あぁ、ただいま」

「はい！　ご無事で何よりです。もちろん、心配はしておりませんでしたが」

心配してなかった訳じゃない……それは目を見れば分かる。サファイアのような瞳は、未だに心配そうに揺れている。

それでも、彼女は心配していないと笑った。諸侯の前では、それがありがたかった。

たぶん、俺はこれから何度も、きっと同じことを繰り返す。そのたびにこうして迎えてくれるのだろう……これからは妻として。

俺はただ、生きていて良かったと思った。生きて帰ってくれれば、どれほど失敗しても、彼女はこうして迎えてくれる気がした。

「そうだ、遅くなりましたが……お誕生日、おめでとうございます。陛下」

……あぁ、そうか。俺の誕生日は三月三十一日……四月に入ったのだから、当然過ぎている訳だ。というか、結婚が雪解けすぐの予定になってたの、俺の誕生日を祝ってすぐにやろうって話になってたからだった。

「ありがとう、ロザリア」

俺は、十五になった。この世界では、大人と見なされる年齢だ……いつの間にか俺は二度目の大人になっていた。

青き瞳の花嫁

結婚する日、俺はいつもより早く目が覚めた。

正直、正式に結婚したところでこれまでと何かが大きく変わるわけではない。王族同士の結婚の場合、婚約の段階では会ったこともなく、結婚する時に初めて会う……ということも少なくないらしいが、俺たちの場合は特殊だからな。

だがこうして早起きしたってことは、案外俺も緊張しているのかもしれない。

「もう起きられましたか」

「ティモナか……喉が渇いた」

そっちも早起きだなと言いかけたが、ティモナが寝ずの番をしていた可能性に気が付き、代わりに飲み物を所望した。

相変わらず働きすぎだ。過労死とか怖いから休んでほしいんだが。

「どうぞ。熱いのでゆっくりお飲みください。それと、浴場の用意もできております。身を清めた後、朝食、その後礼服に着替えていただきます」

……いや、俺がいつもより早めに起きるの分かってて準備万端じゃないか。たまに怖いんだよな……こういうところ。


その後、俺は婚姻式に向けて色々と準備をしていく。いや、正確には準備されていく、だろうか。普段は自分で着替えたりもするんだが、礼服の際は全て任せることにしている。

そして諸々の用意も終え、俺は早々に暇になった。

「そういえば、余はいつ出ればいいのだ」

どのタイミングで何をすればいいかは聞いているが、具体的なタイムスケジュールは聞いていなかったなぁと、今更ながら気づく。

「昼食後、ニュンバル侯が呼びに参ります。式は午後です……それまでは何も」

……待ち時間なっが。

「そんなにか。知らなかった」

というか、仮にも結婚する当人がその詳細を知らないって不味くないだろうか。

「陛下は周辺諸国の使節と、連日懇談なされていたのです。むしろ一度采配を任せた以上、余計な口出しをしないその立ち居振る舞い、ニュンバル侯が感謝しておりました」

それは自分のセンスとか信用してないから丸投げしただけなんだけどな。あと、自分の好みで式典をやらせて、あまりのセンスのなさに嘲笑を買った皇帝が過去にいるらしいからな。同じ轍は踏みたくなかった。

だから俺は、その辺の美的センスはロザリアに任せることにした。ニュンバル侯にはロザリアの好みを優先し、打ち合わせするように命じたのだ。

ロザリアはベルベー王宮でその辺は叩き込まれているし、俺の好みもある程度は反映してくれそうだと思ったしな。

「それはさておき、余はこれからかなりの時間暇になるわけだ」

この空いた時間に残っている政務でも……と思ったのだが、これはティモナに遮られてしまう。

「いえ、今日は長丁場になりますから執務はお控えください。それより、ロザリア様のところへ向かわれてはいかがでしょうか」

「こんな時間に？　邪魔になるだろう」

「先ほど確認いたしました。問題ないとのことです」

ティモナはそう言うと、案内の侍女を呼び寄せ、さらに続けた。

「私の用意もありますので、行ってくださった方が助かります」

「……なるほど」

まぁ、俺の世話しながら自分の支度するのは大変だわな。

こうして俺は、ティモナに追い出されるように、花嫁の部屋へ送り出された。

＊＊＊

ロザリアの部屋を訪ねると、彼女の方ももうウエディングドレスに着替えていた。

「ようこそいらっしゃいました、陛下」

ロザリアに笑顔で出迎えられ、もてなしを受ける。

……なるほど、こういうことがあるからだろうか前世のウエディングドレスに比べて動きやすそうに見える。裾とか、床を引き摺るほどは長くないし。

「まさかもう着替え終わっているとは思わなかった」

だって式、午後からなんだぜ？　なのに朝から着替えているとか、いくらなんでも早すぎるだろう。

「こういうのは、早ければ早い方が良いと言われておりますの」

「そうなのか？」

ロザリア曰く、ロタール帝国でこういう風習になったのは逸話があるという。

そもそも昔は花嫁の衣装を花婿が見るのも当日だったし、着替えるのだって早くはなかったようだ。しかしあるロタール皇帝が結婚を楽しみにしすぎて、何日も前に花嫁のウエディングドレスを覗き見て、そして当日もあまりにも早くに起きて着替え、花嫁のもとを訪ねた。すると花嫁の方も同じ気持ちであり、既に着替え終えていたという。そして二人は仲睦まじい夫婦として民からも愛され、そして国も大いに繁栄した。

以来、早すぎるくらいに着替え終えておくことは、それだけ結婚に好意的であり喜ばしいと感じているという意味になり、それが半ば慣習化したという。

……それ、結婚に舞い上がった若い皇帝の若気の至りを、誤魔化すために慣習化したとかじゃないよな？

「あぁ、それであの時、みんな言葉を発さなかったのか」

事前に仮縫い状態のウエディングドレスを着たロザリアたちを見させられ、感想を求められた時は「そういう慣習です」としか説明されなかったが……あれ、覗き見してるっていう体なのかよ。変な慣習だなぁ、おい。

「絶対、当日までの楽しみにしてた方が良いと思うんだけどな」

こう、当日までソワソワしてワクワクするみたいな……そういうのも経験してみたかったんだが。

「私もとても恥ずかしかったですわ。色々と好き勝手言われましたから」

えっ、何か失礼なこと言っただろうか。どのドレスが良いかとか、どの宝飾品が合うかと聞かれたから、素直に感想を口にしていただけなんだが……なんてな。

あまりに反応がかわいかったから、ついついいじめたくなってしまった。ちなみに、ナディーヌは反射的に返事してしまう癖があって、違う意味で面白かった。あと、ヴェラ＝シルヴィが実は一番ノリノリだった。父上の時はできなかったらしいからな。ポーズまで決めていた。


「それで……いかがでしょうか」

「うん、よく似合ってる」

そりゃ花婿の好みとかをその場で反映してたんだ。似合わないはずがない。

「だが……そうか、あれ出陣の前か」

だからだろうか……こうして花嫁姿のロザリアを見られて、これほどまでホッとしているのは。

「本当、間に合って良かった」

「ふふっ、四人での挙式というのも、それはそれで面白そうでしたけど」

ベルベー王もいる前でそれは……俺の胃に穴が空いてただろうな。

本来の予定では、ロタール式で一連の儀式を行う予定だった。しかも、結婚に関する儀式と女王即位に関する儀式を分けて執り行う予定だったのだ。そしてナディーヌとヴェラ＝シルヴィの結婚も合わせると、全部で十日もかかる予定だった。

だが反乱やらなんやらで予定通り帰ってこられるか怪しくなり、急遽ブングダルト式に変更となった。

……ブングダルト式とはつまり、面倒な儀式を極力削ったバージョンだ。こちらはロザリアとの結婚と、ロザリアの戴冠をまとめて同日に行うというもの。

そして最悪、それでも間に合わなかったら三人の結婚を同日に同時に行うという、彼女たちに失礼極まりないことが行われることになっていた。

他国から来賓を招いている関係で、翌月や翌年に持ち越すという訳にはいかなかったのだ。

いやほんと、間に合って良かった。当初の予定より短くはなったが、帝国としての面子は保てる範囲で帰って来られた。

儀式の規模は縮小する代わり、諸国の王族や使節を歓待する晩餐会の規模は変えていないのだ。社交の場としてはそっちがメインだし、前世の結婚式も披露宴の方が内容濃かったような気もするから、そうおかしなことでもないだろう。

「ところで、ベルベー王にはもう会ったか」

「えぇ、陛下がお戻りになられる前に。ふふっ、とても面白かったですわ」

ならば良かった。せっかく久しぶりに父親と会えたのに、ロザリアの事だから皇帝の婚約者として接したのではないかと不安になったのだが……この様子だとちゃんと家族として話せたようだ。

その後もしばらく、ロザリアとは話し込んでしまった。これから結婚する相手だというのに……普段通りの会話だった。

＊＊＊

結婚の儀式……婚姻の儀と呼ばれるそれは、建国の丘にある教会で行われることになった。

この地下には、まだ活動中の遺跡が眠っているが、ヴァレンリール曰く今年中には停止させられそうとのことだ。

ちなみに、当初の予定では結婚関連の儀式を帝都の広場前の聖堂で、立后の儀を宮廷内の教会で、女王戴冠を建国の丘の教会でそれぞれやる予定だったらしい。

この中で最も規模が大きいのは広場前の聖堂だ。そこで貴族を大量に入れて盛大にやるつもりだったらしいが、ここの教会で行われることになり、中に入れる貴族は大幅に制限されることになった。もの凄く小さいんだよね、ここ。

そういえばこうなることが決まった時、ニュンバル侯は「予算が削減できる」と喜んでいたな……皮肉じゃなくて本気で喜んでいるところが凄い。


さて、俺はこれからいわゆる結婚式に臨むわけだが……前世のそれとは、色々と違いも多い。

まず、式はだいぶシンプルな構成だ。指輪の交換もなければ、誓いのキスもない。だからまぁ、これは結婚式というより結婚の儀式だな。前世の「結婚式」に近い形態は市民の方では普及してきてるらしいが、貴族の方は当分先だろう。

理由はまぁ、恋愛結婚かそうでないかの差だろうな。会ったこともない、結婚したくない相手とも家同士の契約であれば結婚しなくてはならないのが貴族だ。そんな相手とキスなんかできるかって主張もまぁ分かる。それを一律で「礼式」にしてしまうのもまた貴族である。

あと、新郎と新婦は同時に入場だ。家同士の同盟である貴族の結婚とは名目上は対等な同盟関係だから、入場に関しても差をつけないらしい。意外と、一つ一つに理由があるんだよな。


つまり俺とロザリアは、教会の扉の前で呼ばれるのを待っている段階である。

すでに諸侯や参列してくれる諸国の王族たちは入場済みだ。

こうして並んで立ってみてようやく実感できるのだが、いつの間にかロザリアの背を完全に抜かしていたらしい。

彼女と出会ってからの月日を感じ、少し感慨深くなる。


ふと隣を見ると、ロザリアの手が小さく震えていた。表情も強張り、綺麗な瞳も揺らいでいる。

「緊張しているのか」

だがその緊張した表情は、どこか懐かしい気がした。

……あぁ、そうか。初めて会った、あの日に似ているのだ。


「はい……陛下は、緊張なさらないのですか」

「言われてみれば」

緊張か……確かにしてる気がしない。打ち合わせとかに参加していない分、結婚する実感が湧いていないのかもしれない。

あとは……敵陣に突撃した時に比べれば、まぁ緊張はしてないな。というか、俺がここでやらかしても、笑われるだけで罰せられはしない。そして笑ったやつを、探しだして二度と笑えなくする……なんてことも、極論だが、できてしまうからな、皇帝って。

それに、ロザリアは婚姻の儀の後、そのままの流れで行われる女王戴冠の儀……ここで宣誓しなければいけない。一方で俺は、隣で立って時が来たら冠をロザリアの頭にのせるだけだ。

とはいえ、感動もちょっと違うんだよなぁ。これがお世話になった家族とかがいたなら感動もしたかもしれないんだが……父親は最初っからいないし、親戚はだいたい殺してしまったからな。元摂政《ババア》はもちろん未参加だ。


ちなみにロザリアに与えられる称号は、女帝ではなく女王で合っている。帝国なのに女王は変だと思うかもしれないが、『帝』を名乗れるのは一人だけという決まりがある。女帝は女性が皇帝になった時の呼び方で、皇帝と同時に存在することはない。

この女王は「皇帝の配偶者」に与えられる称号だ。だから呼び方も、「ブングダルト女王」ではなく「ブングダルトの女王」が正式名称になる……が、公式行事以外はなかなか呼ばれない。


会場内で、楽器の演奏が始まった。もうすぐ、扉が開いて入場することになる。パイプオルガンや吹奏楽器、それから弦楽器のような音色が聴こえる……前世の結婚式で聞いた曲より、行進曲に近い気がするのは気のせいだろうか。

「ロザリア、肩の力を抜いて」

俺は音楽にかき消されないよう、ロザリアの耳元にささやく。貴族は皆扉の向こうだし、護衛も離れている。多少は言葉を崩しても平気だろう。

「申し訳ありませんわ、私……」

「別に気にしなくていい。それに、君ならなんだかんだ上手くやれるさ」

俺に緊張する要素がないってだけで、緊張するのは普通だと思うしね。

……ただ、俺の方も冷静って訳ではないと思う。なんというか、気分が高揚しているというか、浮わついているというか。


「あぁ、そうか」

少し考え、俺は思い当たる理由を呟く。

「緊張以前に、嬉しいのか。好きな相手と結婚できることが」

考えてみれば当たり前だ。好きな相手と結婚するんだから、舞い上がって嬉しくなるのも自然なことなのだ。俺、自分で言うのもなんだが思春期の真っただ中だしなぁ。

というか、これ前世含めても多分初めての結婚なんだよな。その相手が美人で、しかも信頼できる相手というのは、十五歳の少年が舞い上がるのも無理はないな、うん。

肉体年齢に精神年齢が引っ張られているような感覚は前からあったしなぁ、と思いながらロザリアの方を見ると、なぜか彼女は俯き、耳はほんのりと赤くなっていた
「……もしかして聞こえてた？」
返事はなかった。それが答えだった。

……いや、だとしてもそこまで照れるほどの言葉だろうか。

言い訳のような言葉を口にしようとしたその時、目の前の扉がゆっくりと開いた。

……いや、気まずい。

＊＊＊

列席者の横を、ロザリアと並んでゆっくり歩く。その間も続く演奏は、しんみりする曲ではなく、テンポの速い曲だった。ただまぁ、こうして聴いていると案外悪くない気もしてくる。祭りとか、ハレの日にふさわしい曲ではあると思う。

そして最前列にいるベルベー王らも通り過ぎ、さらに少し歩き、ようやく立ち止まる。そしてそこで、控えていたティモナに帯剣していた『聖剣未満』を預ける。

貴族の前では油断しない心構えを見せるために帯剣する、しかし神前と見なされる聖職者の前ではこれを外す……これが帝国流らしい。変なところで細かいよなぁ。

「それではこれより、夫婦となる二人に、宣誓をしていただきます」

早々に儀式を始める聖職者……そう、『アインの語り部』のダニエルである。表舞台から一歩引いて楽をしようとしていたので、表舞台に引きずり出すきっかけとしてこの一連の儀式を取り仕切る聖職者に指名したのだ。

それにしても、異様な光景である。何せ儀式が始まったのにもかかわらず、演奏は続いているのだ。こんな状態では、後ろの列席者には会話内容は聞こえないだろう。

「神前です……『大原則』に則り、どのような理由であっても嘘は許されません。しかし同時に、宣誓の文言に決まりはありません。あなたが誓えることを、あなたの言葉で誓いなさい。唯一の証人たる私は如何なることがあっても口を閉ざします」

西方派の大原則には、嘘を禁ずるというものがある。まぁ、完璧に守っている人間なんて絶対いないと思うが、神前ではさすがに守らなければいけない。

だが政略結婚が基本の貴族において、よく知らない相手と結婚する際、嘘をつくなとなれば「結婚はしますが愛しません」となりかねない……。

だからずっと演奏が続いているのか。どれだけひどい文言の宣誓でも、自分や相手の家族、そして列席者には聞こえない。嘘はつかなくていいし、実家への迷惑も考えなくていいと。

……合理的なんだか非合理的なんだか分かんねぇな、これ。まぁ、こういう慣習に違和感を覚えてしまうのは、前世の記憶がある俺だけかもしれないが。

そしてダニエルは、そのままロザリアに宣誓を促す。

「ロザリア・ヴァン＝シャロンジェ＝クリュヴェイエ。あなたはカーマイン・ドゥ・ラ・ガーデ＝ブングダルトの妻となります。神前にて婚姻の宣誓を」

「はい。私、ロザリア・ヴァン＝シャロンジェ＝クリュヴェイエは、その生涯においてカーマインだけを愛し、彼を支え、その隣に立つ者として相応しくあらんと努力を惜しまないことを、ここに誓います」


……はじめてカーマインと呼ばれた気がする。まぁ、それはさておき。

「愛し合う、じゃないんだな」

「では陛下は私だけを愛してくれますか」

まぁ、そういうことだよな。

「……君から側室の話を持ち出しといて、それはズルいんじゃないか」

「はい、ですからこれで、良いのですわ。神前で嘘はいけませんから」

そう言ったロザリアの表情は、いたずらが成功したかのような表情だった。

なぜここでその表情なのか。時々ロザリアの感性、よく分かんないんだよな。

「その宣誓、聞き届けました。続いてカーマイン・ドゥ・ラ・ガーデ＝ブングダルト」

ダニエルの言葉を聞きながら、俺は何を誓おうか頭を悩ませていた。だって、事前に何を誓うか考えといてくれとかなかったし、あと他人の結婚式も見たことなかったからなぁ。

「あなたはロザリア・ヴァン＝シャロンジェ＝クリュヴェイエの夫となります。神前にて婚姻の宣誓を」

なぜ事前に、教えてくれなかったのか……あぁ、そうか。ロザリアのあの表情は、確かに悪戯だったのかもしれない。

「……ロザリア、余は君だけを愛するとは誓えない。もう側室を持つと決めてしまったから。だが君以上に誰かを愛するつもりはない」

……うん、控えめに言ってこれはなしだな。もうちょっとマシなセリフがあるだろう、俺。

「……待て、やっぱりもう少し考える」

「聞き届けました。では二人の宣誓……」

「おい」

終わらせようとしたダニエルを止めようとするも、返ってきたのはため息だった。

「過去には『何も誓うことはない』と言い切った皇帝もいれば、『お前だけを愛する』といった翌日に愛人に手を出した皇帝だっているのです。それに、儀式として重要なのはこの後の証明書へのサインです」

そう話すダニエルは、なぜか半眼だった。

「私にとって嬉しい言葉ですわ、陛下」

俺の隣で、今度はロザリアがそう言った。見ると、嘘ではなく本当に嬉しそうだった……もしかして、俺が自分で考えた言葉なら、何を言っても喜んだんじゃないだろうか。

「では二人の宣誓の証人として、ダニエル・ド・ピエルスはその内容に口を閉ざすことをここに誓います」

そしてダニエルが両手を挙げると、演奏がすぐに鳴りやんだ。

「宣誓の証人者として、二人を夫婦と認めます。では、この証明書に二人のサインを」

……ほんと、変な結婚式だなぁ。これが、この世界での当たり前なんだろうけど。

「余はこの場で隣にいるのが、貴女で良かったと心から思っている」

「ふふっ。私も同じ気持ちですわ、陛下」

そして証明書にサインを書き終えると、途端にその場の雰囲気が切り替わった。ここから先は、婚姻の儀ではなく戴冠式だ。皇帝の妃となったロザリアに、ブングダルト女王の称号を与え、王冠をその頭にのせる儀式だ。

ここから先は、主役は俺ではなくロザリアだけになる。

というか、実のところ政治的に重要なのは婚姻の儀ではなくこっちだ。だから力の入れようが目に見えて違う。

まず、女王にふさわしいと証明するためにロザリアはブングダルト語とロタール語で聖一教の聖典の内容の一部を暗唱させられた。その後、女王としての心得をダニエルが唱え、これを復唱。その後、ダニエルより聖偉人の逸話が語られる。

酷だと思うが、これは話によると通過儀礼らしい。外国人であるロザリアが、帝国人として貴族に受け入れられるための。

ロザリアは、最初の緊張が嘘のように難なく試練を乗り越えた。その間、俺は隣に立っているだけだった。

いや、本当に暇だったよ。だがまぁ、当事者じゃない祭礼とは、得てしてそういうものかもしれない。

ちなみに、俺も皇帝になる時に、皇帝としての心得を唱えられているらしいよ。ただし、俺が皇帝になった時とはつまり、生まれた直後のことだ。当然、言葉など聞き取れていない。

さて、ダニエルによる説教が終わり、ようやく俺の出番になった。ダニエルが王冠を持ってきて俺に差し出すと、背後の列席者から驚きの声が上がる。

それもそのはず。本来、慣例では聖職者の手から王冠がのせられることになっている。

だが俺は、誰かの手によって帝冠をのせられたのではない。自分の手で、この頭上に帝冠をのせた。あの即位の儀において、血の滴る帝冠を。

だから妻であるロザリアの王冠も、皇帝《俺》の手でのせる。誰にも縛られず、誰にも指図されない。

それがブングダルト帝国の皇帝であると、内外に示すために。


この道の隣を歩くのは、ロザリアこそ相応しい。

＊＊＊

婚姻の宣誓と女王への戴冠式、この二つの儀式を終えた俺たちは、すぐに最小要塞と呼ばれる皇帝専用の馬車に乗りこんだ。

馬車の中は、慣習通り俺とロザリアだけだ。この後、帝都市街の広場にある聖堂から帝都市民に向けお披露目をする。まぁ、ここまでの儀式は王侯貴族しか関われないからな。このお披露目は市民への結婚報告みたいなものだ。

これに関しては、それほど心配していない。ロザリアは市民から大人気だからな。

何より、馬車の中ならほかの人間の目がない。肩肘を張らなくて済む。

「それにしても、懐かしいな」

「もう五年も前ですわ」

「あぁ」

かつての巡遊の際も、こうしてロザリアと二人だった。あの頃は馬車の中は広く感じたが、今はそうでもない。俺もロザリアも、あの頃から成長し、二人とももう大人と見なされる歳だ。

「色々あったが、楽しかったな」

「はい！」

……っと、思わずほっこりしてしまったが、本題はそれじゃない。


「ロザリア、君に渡したいものがある」

俺は準備していた小箱を取り出す。これはテアーナベ連合討伐へ向かう前に、こっそりと注文しておいたものである。

「それは？」

「噂によると、最近の市民の間では結婚の際、夫から妻へ指輪を贈るのが流行っているらしい」

ただまぁ、これは元々の聖一教の風習ではない。おそらく、どっかの転生者の商人がそういうブームを巻き起こしているんだろうな。夫婦で交換という形を取っていないのは、まだこの世界の女性は働き手として一般的ではないからだろう。

小箱を開け、指輪を取り出す。シンプルなシルバーリングだ。本当は宝石をあつらえたかったんだが、目立つからという理由で却下された。渋々、防壁魔法を込めた簡易的な魔道具にしたが……小さいため、気休め程度にしかならないだろう。

「指輪……私に？」

「あぁ。もう後は市民へのお披露目だからな。細やかな決まりもない」

いちおう、晩餐会は公式行事だがアクセサリーの決まりはない。だから指輪を身に着けていても怒られはしないだろう。

「まぁ、聖一教も絡んでいる儀式の手前、あまり派手なものは控えたから……地味かもしれないが」

王族同士の結婚なんてこんなもんなんだろうけど、結婚することより女王として戴冠させることが重視されているし、宣誓とサインだけで「はい結婚成立。今から夫婦ね」っていうのも、味気ないとは思ってたんだ。

俺はロザリアの左手を取って、薬指に指輪を通す。

「『余』は君を特別扱いしない。けど『俺』にとってロザリアは特別だから」

「えっ」

ロザリアが帝都に来なかったら、俺と会っていなかったら。今の俺はなかったかもしれない。あるいはロザリアがベルベー王国《祖国》の利益のみ追求するタイプだったら、俺は早々に演技が見破られ宰相らに排除されていたかもしれない。

ロザリアが婚約者で良かった……ずっと俺はそう思っている。だが皇帝の俺は、そんな彼女を特別扱いできない。ただまぁ、これくらいは許されるだろう。


指輪は、ロザリアの薬指にぴったりと収まった。ちゃんとサイズも測って作ったとはいえ、なぜかホッとした気持ちになる。

「……どうかな」

ロザリアは、驚きの表情で固まったままだった。

「……あの、ロザリアさん？　黙っていられるとものすごく不安になるんですが」

指輪の渡し方、良くなかっただろうか。急に愛の言葉とか囁いても、変に勘繰られる気がしたんだが……何か考えておけば良かったかな。


するとロザリアは、慈しむように右手でそっと指輪を撫でた。……良かった。受け入れてくれたらしい。

「あまり甘やかさないでいただきたいのですわ」

彼女は小さく呟くと、顔を上げ笑顔で言った。

「ありがとうございます、陛下。一生、大切にさせていただきますわ」

……甘やかす？　そこまで言うほどだろうか。

俺としては、大したことできずに申し訳ないなと思うばかりなんだが……。

それからしばらくして、馬車が停車した。扉がノックされ、ティモナによって馬車の扉が開けられる。

広場に着いたらしい。これから市民に、結婚の報告と新女王のお披露目をする訳だ。

馬車から降りれば、もう公務だ。俺もロザリアも皇帝と女王として振る舞う。

「御手をどうぞ、女王」

「ありがとうございます、陛下」

それでもロザリアの笑顔は、社交向けのものではなかった。どこか年相応のあどけなさの残る、そんなまぶしい笑顔だった。

未明の急報

「陛下、起きてください」

ロザリアとの結婚の翌日……というか未明、俺はヴォデッド宮中伯の声で目を覚ました。最悪の目覚めである。

「私が起こしても起きなかったのに、密偵長の声では起きるんですのね」

ロザリアの不満そうな声に、同じく不満を抱えた俺は答える。

「宮中伯に起こされる時はろくなことがない……緊急の用件の時だけだ」

何が嫌って、昔からの慣れでこの男の声を聞くと否が応でも脳が覚醒するところだろう。


「良い知らせと悪い知らせがあります」

どっちから聞く？　……ってやつか。

この余裕のある感じで、急報……嫌な予感がする。テアーナベ連合が独立したときもこんな感じだった。個人的には良い知らせから聞きたいが。

「まずは悪い知らせから」

……聞かないんかい。

「南方三国が動き始めました。兵を動員しています」

南方三国……帝国の南にあるアプラーダ王国、ベニマ王国、ロコート王国の総称だ。そこで動員が始まったということらしい。

「昨日の晩餐会にはベニマ以外の使節が参加していたな？　どこへ行った」

「まだぐっすり眠っておられます。どうやら何も知らされていないようです」

……なるほど。これ密偵が優秀過ぎて本当に初動のタイミングで掴んだのか。おそらく、アプラーダとロコートの使節はこれから情報を受け、動き出すのか。

「理由は？」

「どうやら、外交交渉内容が漏れたようです。現在ロコート王国に占領されている元帝国の貴族が挙兵。帝国へ帰参しようとしているようで、これを帝国の工作と断定した南方三国が動員を始めたようです」

なるほど、このままだと帝国に見捨てられるからそうなる前に帝国に「動かざるを得ない状況」を作ったか。

「大方、その貴族を諦めさせるためか、こうして暴走させるために、ロコート王国がわざと情報を流したな」

確かに、俺は全土返還ではなく一部の返還で満足するかのような、奪われた領土の一部を諦めることも視野に入れているかのような交渉をしていた……時間稼ぎのために。ついでに向こうが先に動いたという大義名分も欲しかったのだが、今回の場合はあやふやで終わるだろうな……全く、その貴族も余計なことをしてくれたものだ。

実際は少しも諦めるつもりなどなく、むしろ南方三国の連携を乱すための手だったのだが。

「良い知らせは？」

「アプラーダ王国の動きが、極めて遅いです。おそらく開戦は三国同時ではなく、ロコート王国とベニマ王国が先に宣戦してくるかと」

完璧とまでいかなくても、離間策は効いていたようだ。

「それと、ロコート王国は交渉を打ち切り方針のようですが、アプラーダ王国は交渉継続と」

……ほう。その場合はむしろ完璧に近い効き方じゃないだろうか。これまでずっと足並みをそろえてきた南方三国が、はじめて乱した……そのくらいの隙でも元帥たちには十分な起点になるだろう。

「陛下、明日以降の式典はいかがいたしますか。こういった場合は、帝国に落ち度のある問題ではありませんから式典が中止となっても問題にはなりませんが」

元々は、ナディーヌとヴェラ＝シルヴィとの結婚が予定されていた。全部終わると、動けるようになるのは来週。初動が重要となる防衛戦争において、確かに初動は重要だ。

「確認なんだが、まだ動員段階なんだな？」

「はい。越境は確認されてはおりませんが……陛下？」

そうか……なら大丈夫だろ。

「むしろ周辺国に余裕を見せるべく、式典は予定どおりこのまま続ける。このような状況でもそのまま式典を続けることで、兵や民も安心するだろう。外交使節の連中も、丁重に帰してやれ」

あわただしく動くと、それほど危険な状況でなくても不安がらせてしまうかもしれない。せっかく、祝い事の用意をしているのだ。中止にすると、今度はいつに延期するのかとか、色々と面倒だからな。

「ですが……よろしいのですか？　防衛戦は如何に素早く対応できるかで勝敗の半分は決まりますわ」

何度も防衛戦争を見てきたベルベー王国の王女の言葉だ。重みがあるな。

「安心しろ」

それは、ゴティロワ族のテントに招かれ、会談した時。

――もう一つだけ聞きたいことがあるんだがゲーナディエッフェ。……仮にロコート王国と開戦した場合、「将軍として」現状でどのくらい耐えられる？

――ならば三か月でしょうな。それ以上は領内しか守れません。

――三か月か、今はそれだけで十分だな。その準備を三年は続けてくれ。


そして、結婚の予定会議で。

――それとワルン公、チャムノ伯。卿ら……南方三国の侵攻を受けた場合、その場に卿らがいた場合といなかった場合、それぞれどの程度持ち応えられる。

――ワルンは常に三方向からの侵略に備え、防衛線を敷いております。どちらにせよ半年は余裕でしょうな。

――我らは後手に回らざるを得ず、苦戦するでしょう……いなければ、もって一か月。この命を賭すなら三か月。ですがアキカール地方を守らなくていいならば、誘因戦術が使えます。これならどちらにせよ四か月は。

――アキカールを捨て石に……考えておこう。

「もう手は打ってある」

対ロコートはゲーナディエッフェを将軍に任命しており、対ベニマは今回のテアーナベ討伐や内乱鎮圧にも動かさなかった万全のワルン軍。唯一、アキカールが片付いていないため対アプラーダが不安だったが、まぁ見事に足並みを崩してくれた。

テアーナベの時とは違って、こっちは二年前から想定済みだ。まぁ、むしろこっちを警戒しすぎて、元帥二人に将軍一人……過剰ともいえる戦力を南側に貼り付けたせいで、北側での一連の戦闘……反乱やテアーナベとの戦いで後手に回ったんだけどな。

確かに、テアーナベ遠征は失敗し、エンヴェー川では本当に倒すべきだった相手をまんまと逃がした。デ・ラード市での戦いではほとんど何もできず、完全にお飾りだった。この一年くらいは、本当に失敗ばかりだった。

……だがその失敗もここまでだ。

「この戦いで、南方の失地は回復する」

帝国はいつまでもやられっぱなしではない。奪われた土地は、この戦いで取り戻す。

閑話　時間稼ぎの決闘

――奴を討ち、我らに勝利をもたらすがよい。
それが前世で友人だったかもしれない男、帝国皇帝カーマインの命令だった。

オレたち転生者は、記憶に欠損を抱えている。それはもう、戻ってこない可能性が高い。オレも、自分がクロムラレイジという人間だったことは覚えているが、その人生については半分も覚えていない。

だから、あの男が本当に友人だったのかは確かめる術がない……が、あの男といるとなぜか懐かしさを覚えるのも事実だ。記憶がないのに懐かしさというのもおかしな話だが、悪い気はしないのだからいいだろう。

それに現状、お嬢様にとってもっとも最適な主君がこの皇帝であることも事実だ。転生者故に、この世界の先入観……女性の貴族当主に対する忌避感がない。オレ個人の感傷とは別に、お嬢様のためにも、あの男に従うことに異存はない。

だから敵の転生者との一騎討ち、オレはこの命令を喜んで受けた。

「クローム卿、陛下より話は伺いました」
……しかし、お嬢様は思うところがあるらしい。
「はい、お嬢様。陛下より転生者を討てとのご命令です」
増水したエンヴェー川を背にした敵……傭兵とテアーナベ連合軍残党による連合部隊。それと最前列で向かい合っていたのは当家……ヌンメヒト女伯家の兵たちだ。

普通、皇帝の本隊の前に立つ部隊は、使い捨て同然の存在か信任されているかのどちらかだ。そして我々の場合は後者らしい。

「敵は自ら退路を断っているとのことです。白兵戦は極力避けられますよう」

「陛下からもそう命令は受けています。通さなければそれでいいと」

皇帝とお嬢様は、利害関係が一致している。お嬢様は自分の存在《女性当主》を認めてくれる皇帝が都合よく、皇帝にとっても他に女性当主を認める皇族や周辺国が出てこない限り、お嬢様は裏切る可能性が低い貴族だ。相対的に、他の貴族より信用できる。


お嬢様は、貴族の女子として生まれた。そしてこの世界では一般的に、貴族の女性は政略結婚で貴族の妻となり、そのまま一生を終える。そんな常識を批判するつもりはない。だが、そんな風に誰かに決められる人生を、お嬢様に生きて欲しくはなかった。

せっかく転生したのだから、今生では諦めない……それがオレとお嬢様の約束だからな。

「何を吹き込まれたのかは知りませんが、無理はしないでください」

本来、女性当主などという存在は暫定的に認められるに過ぎない。だから、お嬢様が「貴族の娘」や「貴族の妻」ではなく、「貴族」として確固たる地位を固められるかは正直言って賭けだった。

それでも、お嬢様と二人、兄弟らに悟られないよう少しずつ準備を進め、即位の儀を契機とした混乱に乗じて兵を挙げ、兄弟らを下して伯爵家を制圧して皇帝派についた。それまでも、そこからの戦いも、楽なものは一つもなかった。

そしてお嬢様は賭けに勝った。皇帝はお嬢様の存在を認めた。ここまで、本当に長かった。

……そうやって少し油断していたところに、今回の友軍総崩れだ。そして敵の転生者、さらに背水の陣……本当に厄介だな、転生者というものは。

だが、お嬢様の安寧を脅かしうる芽を先に摘む戦いと考えれば、俄然やる気もわいてくる。

「ご安心ください、お嬢様。少しはっぱをかけられただけです」

皇帝《あの男》はオレをヌンメヒト女伯《お嬢様》の従者と呼んだ。そう呼ばれた以上、オレは負けられないしかっこ悪いところも見せられない。

……そこまで分かってて言ってそうな辺り、あの男はズルいな。そしてそういう人間を、前世のオレは知っていた気がする。

「ちゃんと帰ってきてね」

「お嬢様、ここは表です……ですが、分かっています。私はお嬢様の従者ですから」

＊＊＊

銃の射程が届かない距離で見合う両軍……その中央で、オレは例の転生者と対峙することになった。

「遅かったですね。ですが……帝国には碌な兵がいないと煽ったこと、まずはこれを謝罪いたしましょう」

そう聖一語で話しかけてきたこの男は、そうやってさっきまで帝国軍を挑発していたらしい。しかしこれだけ距離が離れていれば、何を言っているかなど聞き取れない。無駄なことをしていたものだ。

「我は皇国騎士、『一騎当千のヴァルケ』。アウグスティーヌス・フォン・ヴァルケである」

……戦う前に、一度整理だ。我々は今、敵には別働隊がいると考え、それを先に潰すために動いている。そして眼前の敵は退路を自ら断った……退路のない敵は戦う以外の選択肢がなく、死に物狂いで抵抗するだろう。対してこちらは敵地での戦闘、少しでも兵の消耗は抑えたい。

「神よ、エーチよ！　ご照覧あれ!!」

つまり最善手は敵の別働隊を撃破し、その情報で敵軍を動揺させてから叩く……これだな。

だとすると、敵の抵抗手段を減らすためにも魔力は枯らしてしまった方が良い、か。

「さぁ、あなたの名乗りを」

ヴァルケとかいう転生者の言葉に、オレは簡潔に答える。

「名乗りはいらない。面倒だ」

そもそも、帝国式の一騎討ちの作法は詳しく知らないからな。それに……。

――あぁ、それと。向こうは一騎討ちをご所望らしいが……余の命令は「アレを討て」のみだ。

皇帝からの命令は目の前の転生者の殺害、そして軍全体での勝利。そのためには、友軍の士気が下がらない範囲で卑怯な手を使ってもいい、そういう指示だからな。

……よし、勝ち方は決めた。一騎討ちには乗ってやるが、個人の戦いに名誉はいらない。

「いくぞ、傭兵。戦闘開始だ」


「【愚者の迷宮《ストゥルス・ラビントス》】」

オレは空中にワープホールを展開し、その先に用意してあった大量の剣を敵に降らせる。

上空から降り注ぐ剣に、相手は防壁魔法を展開した。

「なんかどっかで見た攻撃だな！」

何度か皇帝に「ズルい」と言われたオレの空間魔法。だが実のところ、この魔法にはそれほど自由度はない。オレが使える空間魔法はたった二つだ。事前にマーキングした位置とのワープホールを繋ぐ魔法【愚者の迷宮《ストゥルス・ラビントス》】と、どこに繋がっているか分からない出鱈目な空間に繋ぐワープホールを作る魔法【賢者の牢獄《サペンス・カルケル》】、空間魔法はこれしかない。

正確にはマーキングした座標と繋げば【愚者の迷宮《ストゥルス・ラビントス》】に、座標を参照しなければ【賢者の牢獄《サペンス・カルケル》】になる。正直言って、移動用に使うのがメインの欠陥魔法だ。座標の設定にも魔法を使い時間がかかる点、自分がワープホールの向こう側に行けば維持できずに消滅してしまう点、さらに長時間の維持には膨大な魔力を消費する点……他にも色々と欠点の多い魔法だ。

それをどうにか攻撃用に転用したのがこの攻撃だ。結局のところ、大した攻撃ではない。

「大した速度もなく、剣も安物か。こんなものかい？」

当たり前だ。そう何本も高価な剣を揃える金が有ったら、お嬢様の鎧や武器の強化に回している。剣の速度も、何も手を加えなければ自由落下任せだしな。

「だがお前の魔法を観測することはできる。物理耐性にも振った防壁魔法か」

オレはまるで、初めて知ったかのように言葉を投げかける。

「あぁ、そうさ。『一騎当千』の『鉄壁』と『不可視の斬撃』……僕に挑むからにはそのくらいの情報、あって当然だと思うけど」

……別にこの転生者の存在は知らなかったが、どうやらコイツは自分の知名度に自信があるらしい。

実際は、コイツの魔法について語り部《デフロット》の犬から情報を得ている。まるで二つ得意魔法があるかのように言っているが、コイツの得意魔法は【防壁魔法】だけだ。

この【防壁魔法】というものは、魔法使いにとってもっとも基本的な魔法であり、同時に色々と応用が利く便利な魔法だ。それ故に、術者によって千差万別といっていいほど違いが生まれる。

不可視の障壁を作る人もいれば、実際の盾を模した障壁を作る者もいる。魔法しか防げない物もあれば、ある程度剣などの物理攻撃も防げる物もある。そういった性質ごとに別の魔法として区分する人間もいるらしいが、その定義は未だ曖昧だ。

共通するのは、「攻撃を防ぐ壁を生み出す魔法」であるという一点のみ。だから色、厚さ、大きさ、性質……それらが全て共通することの方が少ない。

イメージによって魔法を生み出す魔法使いにとって、その術者が咄嗟に思い浮かべる「防壁」のイメージは、「【防壁魔法】を見れば術者の魔法の傾向が分かる」と言われるくらいに分かりやすい。だから、咄嗟に別種の【防壁魔法】を使い分けられる変態は、実のところそれほど多くない。そしてこの敵は、そういった変態の類ではないらしい。

「いや、私が戦場に出るようになってから、そんな傭兵は聞いたことがないな。ひょっとして、ここ十年くらい活動を休んでいたのか？　だとしたら聞き覚えがないのも納得できる」

敵の情報はある。だが、オレはそれを知らないふりをした。するとヴァルケはオレの挑発にあっさりと乗り、例の『不可視の斬撃』を放った。

「へぇ、なら今日から知ることになるよ。ま、君以外はね！」

【賢者の牢獄《サペンス・カルケル》】」

オレは敵の攻撃に合わせ、もう一つの空間魔法を放つ。

こっちは未知の異空間へと繋げる魔法だ。その先の空間は、オレには制御できるものではない。空気もなく、魔力もない……そんな空間だ。何度か自分なりに検証してみたが、その広さも強度も底が見えない。少なくとも、どれだけの魔法を叩き込んでもダメージが入っているようには見えなかったし、広さについては……無限ではないかと思えるくらいかもしれない。あと、魔力がないからこれで取り込んだ魔法は、この異空間の中で魔力不足により急速に消滅する。

さらに、どうやら異空間側のワープホールは毎回同じ場所にできるわけではないらしい。少なくともこれまで、異空間に取り込んだ物と再びお目にかかれた経験はない。

「これで死ぬから、と言いたかったのか。空気を読めずにすまないな」

敵の『不可視の斬撃』……事前の情報通り透明な防壁魔法による攻撃だったそれは、開かれたワープホールへと吸い込まれていく。

「薄い防壁魔法を刃物のようにして飛ばすだけの攻撃か。こんなものか？」

オレが挑発すると、ヴァルケはまたすぐに反応した。

今度は、防壁魔法の飛んでくる軌道が【賢者の牢獄《サペンス・カルケル》】を避けるように曲がって飛んでくる。

……こういう軌道の変化球、なんて名前だったかな。

「曲げるために速度を犠牲にしたら意味ないんじゃないか？　避けられるぞ」

もっとも、これすらも事前情報で得られているのだが。

デフロットの義眼は、オレも詳しくは知らないが……おそらく、見るだけで魔法やその痕跡から魔法の規模や性質を読み取るものだろう。ボキューズ子爵が先に一騎討ちをした際に得られた情報は、ほぼ相手の技量を丸裸にしていると言っていい。

……なら自分で戦えとも思うが、アレ《デフロット》はそういう奴だ。自分たちは安全な場所に居たがる、クソったれが『アインの語り部』だ。

そんな事前情報を踏まえ、何度か自分でも魔法を受けてみた感想として、ヴァルケの攻撃には粗が多いように思える。軌道に変化を加える場合は速度が落ちるし、その発射位置も自分の近く……というより、本来防御用に展開する位置にしか展開できないようだ。まっすぐに飛んでくる場合も、その速度は目を凝らせば避けられる範囲だ。さらに、透明とはいえど反射や歪みで、目を凝らせば飛んでくる防壁には気が付ける。

本来防御用の魔法を無理やり攻撃に転用しているからか、その攻撃には、あまりに弱点が多い。

「そういうあなたこそ、安物の剣を降らせるだけですか。攻撃にすらなっていませんよ」

今度は余裕を見せつけるかのようにヴァルケはそう言い放つ。

実際、攻撃については弱点が多いこのヴァルケという男だが、一方で防御能力については確かに優秀な魔法使いだ。

魔法攻撃・物理攻撃にも対応した強固な防壁を、幾重にも展開する……話によると、その防壁魔法は、至近距離からの銃撃も斬撃も防いだという。

それが事実ならかなりの強度だ。はっきり言って、この守りを抜くのは骨が折れる。

「攻撃ではないからな。【愚者の迷宮《ストゥルス・ラビントス》】」

「そう何度も……んなっ！」

オレは頭上から剣を降らせると同時に、地面に転がっていた無数の剣を一斉に操作して飛ばす。

魔法はイメージによって個人差が生まれる。よって、特定の魔法の得意不得意は、その魔法使いの力量には直結しない。あの男《皇帝》は自分の魔法以外を魔力で『操作』する魔法は全般的に苦手だと言っていた。物を持ち上げる、物を動かすといったシンプルなことができないらしい。一方で、もうすぐあの男の妃になるヴェラ＝シルヴィ嬢は大砲すら容易く持ち上げる。

オレの場合は、二人の間くらいといっていいだろう。皇帝よりは得意だが、ヴェラ＝シルヴィ嬢には到底及ばない……正確に言えば、一度手で触り、その構造を理解している物の操作は苦ではない。そして剣は、全てお嬢様に頂いた屋敷に置かれた、オレの私有物。

上空からの攻撃に気を取られていたのか、地を這うように飛んで行った剣は、ヴァルケが周囲に展開していた防壁魔法に深々と突き刺さった。

……いや、これは奥にあるもう一枚に阻まれたのか。やはり多重構造だな。

「どうした、そんな表情を浮かべて……まさか、この程度で焦ったのか」

再び挑発すると、目の色を変えてヴァルケは攻撃をしてきた。

＊＊＊

それから何度か、斬撃は飛んできた。俺はそれを適度に防いだり避けたりしつつ、時折反撃をする。

なるほど、確かに防御と攻撃を同時にやっている辺り、一度に展開している防壁の数はかなりのものだ。その時点で、魔法使いとしての力量はかなり高いのだろう。だが、工夫はそれほどしていないようだ。防壁については、鋭利な刃物のようにはなっているが、サイズの変化は見られない。どれも同じサイズだから、予測で躱しやすい。

実際、この世界の魔法はサイズを大きくするのにも、小さくするのにも追加で魔法を制御する必要がある。それを咄嗟にできる人間はそうはいない。

つまり、この男は現状でもそれほど余裕がないということだ。……底が見えるというだけで、まったく恐怖はないな。

とはいえ、こちらも決定打は与えられそうにないし、向こうの攻撃もそうはなり得ない。しかし表情から見るに、こちらとは違い向こうは本気で殺そうと攻撃しているらしい。

転生者は優秀な魔法使いが多いというが、それでもこの程度か。

「やはり、私が弱いのではなくあの男が異常なだけだったか」

かつてオレは、皇帝を殺そうとしてものの見事に返り討ちにあった。それも、相手は最初っからこちらを説得するための、威嚇としての攻撃……それに完封された。

底が見えなかった。おそらくだが……あの男は転生してから、まだ本当の意味で魔法を全力で使ったことはない。


あの男の魔法に対する才能は、彼の前世が関係するものではない。魂や精神によるものではなく、あの肉体の方に眠っていた才能だ。それはこの世界に転生して、歴史を少し学べば理解できる。

支配者層である戦士階級の大半が魔法使いだった時代より、魔法の才能とは力の象徴であり、権威そのものだった。魔法使いを支配するために、君主は彼らより強い魔法使いになる必要があった。

そして魔法使いの才能は遺伝する。だから君主たちは我が子がより強い魔法使いになるよう、優秀な魔法使いを積極的に伴侶へと迎え入れてきた。

養子・養女の制度も、優秀な平民が騎士として準貴族の地位に迎え入れられるのも、元は優秀な魔法使いの血統を支配者層が取り込むための制度だ。

そしてあの男は、皇帝だ。何度か断絶している皇国とは違い、ロタール時代から続く皇帝の一族は、何十世代と重ねてきた魔法使いの血統だ。つまり、皇帝の肉体には偉大な魔法使いになり得るポテンシャルが秘められていた。ただ、直近の数世代はそのポテンシャルを発揮する機会がなかった。だが当代の皇帝は転生者だ。そして転生者は、その肉体が魔法を知覚できるのであれば、前世との感覚の差から魔力の存在に気が付ける。転生者のほとんどが魔法使いである理由はおそらくそこにある。

それこそ聖一教が伝来する以前に生まれていたら、その魔法の才だけで国を支配できただろう。だが「戦士」が「貴族」になり、魔法の才よりも血統の「貴《とうと》さ」が重視される現代では、魔法の才だけでは支配できない。

そういう意味ではあの男、生まれる時代を間違えているな。

「一騎討ちの間に考え事とか、舐めてんのかって」

「そうだが？」

実際はそこまでではないが、さらに挑発を重ねる。そうすると、あまりにあっさりと乗ってくる

……このヴァルケとかいう転生者、薄々感じていたが精神年齢が低そうだ。まるで子供の癇癪のような攻撃……もしかすると、前世では若くして亡くなった転生者かもしれない。だとしても、ここで殺すことには変わらないが。

「さっきから避けてばかりだなぁ！」

魔法は普通、空気中の魔力を消費して発動させる。よって魔法使いの優劣の差は、大きく分けて出力と制御の二点で決まる。

出力はどんな魔法を生み出せるか。これは得意魔法が人それぞれ違う以上、簡単には比較できない。一方で、制御については比較がしやすい。魔法を発動するまでの時間、魔法のコントロールなど……そしてこのヴァルケという男、制御についてかなり拙いのは間違いない。

自身の周りに展開した防壁魔法……これが必要な時に展開するのではなく、常に展開状態で維持しているのは、その展開速度と正確性に自信がないからだろう。

攻撃に転用している防壁の軌道も、八パターンくらいが限界。それも、軌道を曲げる場合、複数の防壁を同時に飛ばすと、定期的に制御に失敗し、空中で防壁同士が衝突している……その失敗を誤魔化すためか、むきになって攻撃してくるから分かりやすい。

「総じて不器用だな」

思わず漏れた言葉が、どうやら相手にとっての地雷に等しいものだったらしい。

「死ね」

そして飛んできた防壁魔法《斬撃》は空中で無数に分裂した。

「当たっちゃったねぇ」

細かく分裂した防壁、その全てを捌き切ることができず、体中に被弾する。だが一つ一つが小さくなっているおかげで、傷はどれも浅い。

なるほど、これは事前情報にもなかった魔法だ。

「避けなかったの？　避けられなかったの？」

「こんな浅い傷で喜べるのか。幸せだな」

なるほど、これは確かに良い魔法だな。出血すれば人間のパフォーマンスは明確に落ちる。治療せずに放置すれば出血多量で死ぬかもしれない。だから即死させるより、むしろこの魔法の方が多くの敵を戦場から離脱させられるだろう。


だが……やはりこれが奥の手だとすれば、どうしても違和感が拭えない。

「もういっちょ！」

確かにコイツは手数が多く、守りも堅い。だが、それだけだ。オレはごく小さな防壁魔法をいくつも正確に制御し、光線を完璧に反射させ続ける変態と戦ったことがあるのだから。やはり脅威には思えない。

「【賢者の牢獄《サベンス・カルケル》】！」

というより、明らかに一騎討ちに向いた魔法ではない。その見えづらい攻撃という性質を生かすなら相手の不意を衝く奇襲向けの魔法だ。あるいは、敵隊列に対する範囲攻撃向きだろう。

それも、一昔前の重装騎兵の時代には通用しなかった可能性が高い。銃火器の登場により、機動力を重視し、防具が軽くなったこの時代だから活躍できる魔法だ。

……あぁ、そういえばこの男、自分で『一騎当千』と名乗っていた。確かに、対抗手段のない一般兵相手なら、千人くらいは戦線離脱させられそうな魔法だ。

だとすると、なぜコイツはここで一騎討ちなんかやっている？　ただの人選ミスならいいが……。

＊＊＊

「あれ、もう魔力切れ？」

しばらく攻撃を捌いていると、ようやく魔力が枯渇しつつあることに気が付いたらしい。

オレたちは空気中の魔力を使い魔法を使う。そして魔法を使い過ぎると空気中の魔力が低下し、魔法が使えなくなる。それがこれまでの、この世界の常識だった。

「全く、途中から防戦一方だったね、君」

「【賢者の牢獄《サペンス・カルケル》】を維持し続けていたからな」

魔力は、均一の濃度を保とうとする性質がある。だから魔力の多い空間と少ない空間がつながった時、多い方から少ない方へ魔力が急速に流れ込む。そして俺の【賢者の牢獄《サペンス・カルケル》】で繋がる異空間は、魔力すら存在しない空間だ。つまり、開くだけ周囲の魔力を大量に取り込んでしまう。

その取り込んだ魔力はすぐに霧散する。異空間が広すぎる故に、知覚できないほど濃度が低くなってしまう。自分で再利用できない以上、めったに役に立つ特性ではない……だがその場の魔力を早く枯らしたい時には便利な魔法だ。

「【愚者の迷宮《ストゥルス・ラビントス》】」

オレは最後の魔力で、手元に小さなワープホールを空ける。取り出したのは、起動中の魔道具だ。

「見誤ったね。僕はずっと防御しながら攻撃していた。だから上手く攻撃できなかったのさ。けど、守りがいらないなら！」

オレは大きく下がり、ヴァルケから一気に距離を空ける。

「逃がすか！　全部ぶち込んでやるよ！」


魔力が枯渇すれば魔法は維持できない。そうなれば、防壁を維持できない。そしていっそ消えるなら、その『防御』を『攻撃』に回す……ごく普通の思考だ。

「普通が相手で良かった……『結界解除』」

本当によかった。空気中の魔力がなくなったら代わりに体内の魔力を放出するなんて、そんな芸当ができる人間が相手なら、オレに勝ち目はなかっただろう。


「全部ぶち込んでやるよ！」

防御に秀でた相手だ……半端な傷では逃げられる。だが皇帝の命令は「討て」だった。だから、確実に殺すために……その防御がなくなるこの瞬間を待っていた。

「いけぇっ！」

解除された『封魔結界』から流れ出る魔力で、魔法を練る。相手の攻撃より後に出しても、先に相手に届く……そんな出鱈目な魔法を。

感覚で使っている本人は知らないだろう。そして余計な情報を与えるとイメージが変化して威力が下がる可能性があるから言わないが……これは「『火属性』の概念を付与した『熱エネルギー』の圧縮投射」なんて生易しいものじゃない。

本人にとっては『火属性』のつもりだろうけど、オレには全く違うものに見える。あれはもはや『融解』だ。物体を熱で溶かす、『融解』の概念を光速で叩きつける……そんな出鱈目な魔法にしか見えない。

それを模倣しても、威力は遥かに届かない。鎧を一瞬で溶かすことはできない……それでも、無防備な首辺りなら蒸発させられる。

「『皇帝灼光《カーマイン・ラクス》』」

「え」

光が貫いた。そして飛来していた防壁魔法は制御を失い、消滅した。

……まったく。いったい、何万度をイメージしたらあんな威力になるんだろうな。

背後で、大地が割れんばかりの歓声が沸き上がる。一騎討ちに勝ったということになるのか、これは。

……やったことは騙し討ちに近かったが、友軍にはこの距離からでは分からないか。

「ここまで士気が上がれば、そう簡単には崩れないだろう」

味方の指揮は上がり、敵の指揮は下がる。十分に時間は稼いだし、あとは楽な戦いになるはずだ。

「俺たちの勝ちだ」

書き下ろし番外編

汝は狂人なりや

「どうやら負けちゃったみたいだねぇ」

後に『エンヴェー川の戦い』と言われるこの戦いは、歴史の教科書には乗らなくとも、マニアであれば知っている……後世において、それくらいの知名度となる戦いである。

背水の陣と迂回攻撃、それを看破した若き皇帝……さらに優れた魔法使い同士の熾烈な一騎討ち。そう語り継がれることになるこの戦いは、一つだけ不明な点がある。それは、帝国軍と対峙したはずのテアーナベ軍、その指揮官の名前である。

「まだ、一騎討ちは始まったばかりですよ、ボルク卿」

そう言って男を窘めた女性は、騎士の恰好をしていた。

「あぁ、そっちはどうでもいいんだ。いや、そっちも負けるんだろうけど。別働隊からの定時連絡が来ないから、ボクの作戦は失敗したみたいだなぁと」

その男は、異様な恰好をしていた。騎士のような服装だが、その手にあるのは刀でもナイフでもなく、ハサミだった。そして何より、その頭上には薄汚れた、王冠のような被り物をしていた。

即席の椅子に座ったその男は、傍から見れば国王のごっこ遊びをしているように見える。だが、その姿に誰も違和感を覚えない……隣にいる女騎士以外は。

「あと、今のボクは白龍傭兵団団長ナール・ケッツァーだよ。間違えないでよね、アデーレちゃん」

「別働隊？　聞かされていませんが」

男の猫なで声に寒気を覚えた皇国騎士、アデーレ・フォン・メナールは、それを目の前の男に悟られないよう必死にこらえていた。

「言ってないからねぇ」

男の名前はテオ・フォン・ボルク。皇国貴族の一人であり、そして今はある任務を遂行するために、傭兵の団長になっていた。

「友軍が別働隊を率いていったなら、普通は気がつきます。閣下はその宝具を私にも使ったのでしょうか」

古代魔法文明が残した魔道具、現代では解明できない存在であるその遺物は、皇国において「宝具」と呼ばれていた。

「んー、どうだと思う？　あと、これは宝具っていうより呪いのアイテムの類だからねぇ」

男は、被っていた王冠のようなものを膝に置いた。そして、まるでそこに糸がつながっているかのように宙をつまむと、引っ張り上げるような仕草をした。

「お呼びでしょうか」

すると、虚ろな目をした指揮官の一人が、二人の傍に近寄ってきた。

「魔法で橋を復旧しろ。魔力が枯渇したらちゃんと崩れるように魔法で作れよ」

「かしこまりました」

まるで従者のような態度で命令を受けた元白龍傭兵団団長を見送ると、テオ・フォン・ボルクは椅子から立ち上がり伸びをした。

「何をするつもりですか」

「何って、逃げるんだよ。この戦いは負けが決まったんだから」

そう、平然と答える男に、彼女は思わず反発する。

「まさか、友軍を見捨てて逃げるのですか」

「あいつらはボクの友達でもなんでもないけど？」

帝国軍との戦争……その緒戦で壊滅したテアーナベ連合軍の残党を吸収した白龍傭兵団は、この会戦において傭兵団を後方に、そしてテアーナベ連合軍の残党を前面に多く置いた。最前列にいる傭兵団の人間はごく僅かである。

「あぁ、前の方にいる傭兵団員は気にしないで！　裏切者とか無能を処分しているだけだから」

「味方を置いて逃げるなど……！　私は皇国貴族であり騎士です！」

「うるさいなぁ。じゃあ、ボクとの契約はなかったことにするんだね」

テオ・フォン・ボルクの言葉に、女騎士は言葉を詰まらせる。

「君の兄の失態を揉み消す代わりに、君はボクの副官になる。その間、ボクは君に手を出さない代わりに、君はボクの命令に従う。そして契約期間後もその間に知り得た情報を誰にも話さない……これについては、違反した場合は殺害されることを受け入れる。そうだなぁ……今なら、契約に対する違反ではなくて、契約そのものをなかったことにしてあげてもいいよ」

皇国貴族の娘であり、騎士でもあるアデーレ・フォン・メナールには兄がいる。その男は皇国貴族でありながら、皇王の命令に逆らい勝手にラウル公の反乱に加担した……ということになっている。

これは、もしラウル公がシュラン丘陵で勝っていれば、皇王の認可を受けた派兵だったと認められただろう。そうでなくとも、失態さえなければ見逃されたはずだ。

だが彼女の兄、ロベルト・フォン・メナールは大失態を犯した。彼の油断によりラウル軍は大量の野戦砲を失い、さらに多くの将兵を失った。

それを挽回するべくシュラン丘陵で定められた攻撃目標の突破にも、彼は失敗した……そして戦場から逃走したのである。

「……言葉が過ぎました、閣下」

「言葉だけじゃないけどねぇ。まったく、馬鹿な兄を持つと大変だねぇ」

男は愉快そうに女騎士を嘲笑う。

「……それでも兄ですので」

この失態は、既に皇都に届いていた。そのせいで、父は貴族として失脚しそうになっている……個人だけでなく、一族の危機に甘い言葉をかけてきたのがこの男であった。

「さぁ、早く川の対岸へ行こう。観戦はそれからゆっくりすればいいさ」

そういって手を差し出す男が、彼女には悪魔に見えた。

「手を出すのは禁止です」

「えぇ!?　これもダメなの！」

＊＊＊

傭兵たちは、傭兵とは思えないほど確かな秩序を維持し、増水したエンヴェー川に掛けられた橋を渡っていく。

一方で、魔法使い同士の一騎討ちを見守る兵士たちは、橋が架けられたことに誰一人として気が付いていなかった。

振り向いて、そこにさっきまでいたはずの味方がいなくなっていても。それどころか、再びかけられた橋が視界に入っても、誰も気に留めずに一騎討ちの方へと視線を戻す。彼女はその光景が信じられなかった。


「……これが、宝具の力……それで兄の件も揉み消すのですか」

「いやあ、そんな面白いことしなくても揉み消せるよ。ボクが『あれも作戦のうちでした』って言えばお咎めはないよ。そういう契約だからねぇ」

自分の言葉を全く信用できなそうな彼女の様子に、テオ・フォン・ボルクはやれやれと首を振った。

「確かに、今のボクは一介の傭兵だけどねぇ。でもボクの雇い主は聖皇派のトップだから。いくら皇王と言えど、口出しはできないのさ」

「聖導統の……⁉　しかし、彼らは世俗の兵力を持たないんじゃ」

帝国と並ぶ大国、皇国。そこで国教とされている聖一教聖皇派は、皇国の存在を明確に他国の上位に位置づける教義を持つ。それによって、皇国は東方大陸東部で絶大な権威を維持してきた。それ故に、聖皇派の頂点に位置する聖導統の権威もまた、絶大であった。

したがって、皇国には古くから皇王派と聖導統派による水面下での対立が存在する。彼らもまた、帝国と同じように外よりも内に問題を抱えているのである。

「なに、そんなお伽噺信じてたの？　かわいいねぇ」

表向きは、確かに聖皇派に軍事力は存在しない。だが対立している以上、備えがないなどということはあり得ないのである。

「だから、閣下は宝具をお持ちなのですか」

「せめてオーパーツって呼んでほしいなぁ。あと、順序が逆だねぇ。このオモチャが使えるから、ボクは聖導統に首輪を繋がれてるんだよ」

テオ・フォン・ボルクは、古代文明の魔道具……オーパーツを両手で持ち上げた。

「見えないでしょ、この糸」

アデーレ・フォン・メナールには、糸などというものは見えなかった。そして過去、それが見えたのはこのテオ・フォン・ボルクだけである。他の誰にも使えないオーパーツ……それを使えるからこそ、彼は聖導統に重用されているのである。

「まぁ、ボクの使い方が正しいかは分からないんだけどね。正しい用途も使用法も、耐用年数も、使用者に対する副作用も……全て、古代人しか知りえない。けどボクは他の人には使えないこれをとりあえず使えてしまった。だからこんなもんを押し付けられているのさ」

現代の人間には過ぎたる道具……それでも、手に届く範囲に力があれば手を伸ばしてしまうのが人間である。そして彼の場合、手を伸ばしたのは聖導統であり、それを押し付けられたのがこの男である。

「ボクの使い方はね、人の脳からここに糸を持ってくるの。今回は多いから、指揮官以外は五十人くらいまとめて一本にしてるんだけどねぇ。そうすることで、対象の思考が『ロック』される。今回は皆の前で橋を落として見せて、『退路がないから戦うしかない』と思わせたところで『ロック』したんだよ。だからみんな、まだ『退路がないから戦うしかない』と思い込んでいるんだ」

「……まさか、今橋を渡っている彼らもですか」

戦慄した様子の彼女に、男はさも当然だと言わんばかりに答える。

「そうだよ、彼らは『橋がない』と思いながら橋を渡ってるんだ。面白いよねぇ」

その言葉が、あまりに混じりけもなく純粋で、アデーレ・フォン・メナールは恐怖を超え、吐き気を催した。

「なぜ、そのようなことをして平気なのですか」

「え？　だって今回ボクに課せられた任務に必要だったから」

「任務？」

彼女が聞き返すと、テオ・フォン・ボルクは今朝食べた食事の感想を述べるかのように、あまりに簡単に事情を答えた。

「帝国にはね、毒蜘蛛がいるんだ。皇帝にとっては獅子身中の虫ってやつかな。そいつは帝国貴族でありながら、帝国に仇なそうと躍起になってるんだ。毒蜘蛛はそのために、シュラン丘陵で活躍しようと思った。奮戦して、もっと中枢に入り込むつもりだった。けど予想外なことが起きた」

突然のことで、なんの話かも分からず戸惑うアデーレ・フォン・メナールのことなど気にも留めず、テオ・フォン・ボルクは話を続ける。

「それはね、皇帝がホンモノの英雄だったってことだ。自ら兵を率い、先陣に立ち、敵を打ち破った。皇帝が一番活躍しちゃったからねぇ、思いのほか食い込めなかった。ボクも毒蜘蛛にやられるために粘ったんだけど、ダメだったね」

テオ・フォン・ボルク……白龍傭兵団団長、ナール・ケッツァーはシュラン丘陵の戦いにも参加していた。そこで戦闘中、巨石に吹き飛ばされたラウル僭称公に代わって指揮を執っていたのが、他でもないこの男である。

「だから今回、毒蜘蛛はテアーナベ連合を動かした。今回はどっちだろうねぇ。殺そうとしたのか、あるいは危機に追いやってから颯爽と助けて信用を得ようとしたのか。けど今回も失敗してしまった。皇帝は毒蜘蛛の罠を本能的か、あるいは単に運かは分からないけど、見事にすり抜けた。だから今、ボクは戦っているんだよ」

「どういうことです？」

つまりだね、とテオ・フォン・ボルクはこの『エンヴェー川の戦い』の目的を答える。

「この戦いは尻拭いなんだよ。皇帝の『ヘイト』をボクに向けるための。一連の策略の首謀者が、帝国内部の存在ではなく、ボクだと思わせられるように。本当は都市を落として皇帝の肝冷やしてやろうと思ったんだけど、失敗しちゃったからねぇ。こうやって堂々とオーパーツを使って、馬鹿にしてるみたいに悠々と撤退して、それで注意をボクに向けて貰おうかなって」

つまり、この戦いはテオ・フォン・ボルクにとって負けてもいい戦いだった。自分に注目を集めるための、ただそのためだけの戦いだったのだ。


「なぜ、そのような」

「せっかく帝国内にいる不穏分子だ、皇国としては彼には健在でいてほしい。疑われることすら避けたい。だからボクが選ばれたんだ、真犯人を誤魔化すための犯人役としてね」

「ならば、もう十分に役目を果たしたのでは？　彼らの洗脳を解いて、撤退するべきです」

だがアデーレ・フォン・メナールの言葉をテオ・フォン・ボルクは即座に否定した。

「いや、今回の目的は『ヘイト』をボクに向けること。だからボクが生き残って逃げおおせることは絶対条件なんだ。そして逃げるなら大軍より少数の方が良い。みんなで逃げるのは、動きが鈍くなるからダメだよ」

つまり、一定時間内に橋を渡れなかった兵士は背後から敵、前には増水した川という状況で、選択を突き付けられることになる。

「彼らで、時間を稼ぐと」

「そうだよ。まぁテアーナベ人だし、自分の国を守れて本望でしょ、彼らもきっと」

アデーレ・フォン・メナールにはもう、分からなかった。目の前の人間が理性的なのか、それとも倒錯者なのか。指揮官として正しい判断でも、その考え方や言葉は明らかに理解できない。

「……では、今一騎討ちをしている閣下の副官殿は……？　やはり、我々の時間を稼ぐための策なのですか」

「いや、アレは処分」

アデーレは、自分の耳を疑った。ついにこの頭のおかしな男にあてられて、自分までおかしくなったかと思ったのだ。

「しょ、処分!?」

「そう。全然ボクの言うこと聞かないし、うるさいし、雑兵を狩っただけで増長しちゃうし、うるさいし。とはいえ上から押し付けられた人材だから、放逐とかはできなくてさ。だからここで死ん

った。

つまり、たった今一騎討ちをしている副団長の男は、この時点で団長に切り捨てられているのだった。

「意味が、分かりません」

「まぁ、こっちも色々とあるんだよねぇ。厄介なんだよ、記憶があるくらいで無双できると思い込んでるバカは。これまでさんざん足引っ張られてきたし、ただで捨てるのはもったいないって怒られたし。代替可能な人材の癖に、身を弁えず自分はオンリーワンだと思い込んでさぁ。あと自分の守りに特化してるから殺しにくい。だけど今回は馬鹿を処分するついでに時間まで稼げる……これって一石二鳥じゃない？」

アデーレは頭痛が走った気がした。そして頭を押さえながら、冷静に自身の懸念を述べた。

「しかし、仮に捕虜となった場合、敵に情報が行きませんか」

「へーきへーき。彼、ボクが君に話してる内容の一割も知らないから。馬鹿に情報を渡すメリットとかないからねぇ」

アデーレは、この男にここまで言われる副団長があまりに哀れだと思った。

「……上から押し付けられた、とおっしゃっていましたよね。それこそ、見捨てたとバレたら咎められるのでは」

そんな彼女なりの助け舟は、あっさりと沈められた。

「いや、あいつらはボクが明確に裏切りでもしない限りボクを切れないよ。あるいはボクの他にこの魔道具が使える人間が出てくるまで」

テオ・フォン・ボルクは、両手に抱えたオーパーツを見て、鼻で笑った。

「ボクはね、モルモットなんだ。これの副作用とかデメリットとか、まったく分からないけど、強力だからって使わされてる。ボク以外に使えないうちは、ボクからデータをとるしかないんだよ」

そこで彼は、何かに気が付いた様子で声をあげた。

「おっ、魔力枯渇だ。そろそろかな」

その時、それまで架かっていた橋が崩落した。魔法による橋は、魔力枯渇によって消滅する。それは戦ってきた兵士に対し、非道過ぎる仕打ちだった。

「ありゃ、運が悪かったね」

渡っている最中だったものは、そのまま勢いよく濁流流れる川に流され、消えて行った。

「あまりに酷い」

彼女が思わず目を逸らした瞬間、どこからともなく双眼鏡のような魔道具を取り出したテオ・フォン・ボルクは、一騎討ちの結果を見ているようだった。

「お、死んでる。ラッキー」

アデーレは、それが敵ではなく副団長のことだと分かった。この短い時間で、分かるようになってしまったのだ。

「あー、やっぱり『禁魔領域』……帝国だと『封魔結界』っていうんだっけ、あの魔道具かぁ。シュラン丘陵でちらっと見かけたからそうじゃないかなぁとは思ってたけど。あれって皇国でも再現できるのかなぁ。ねぇ、どう思う？」

「知りません。それより、撤退するんじゃなかったんですか」

「あぁ、そうだった。教えてくれてありがとう」

テオ・フォン・ボルクは、魔道具から繋がった糸に、おもむろにハサミを入れた。

「えぇっと、良い感じに対岸を混乱させるにはぁ、ここと、これを切って、後はこの辺かなぁ」

アデーレには、男が言う糸が見えなかった。しかしハサミからは、まるで何かを切っているかのような音が、確かに聞こえた気がした。アデーレには、それが誰かの命を切る音のように思えた。

「ついでにこの辺も切って、これで良い感じに対岸は混乱するでしょう。逃げる奴と戦う奴でカオスになると思うよ。まとまりがない方が、足止めには良いでしょう」

対岸の光景に、アデーレは思わず顔をしかめた。

絶望し、へたり込んだ兵士が、邪魔だと増水した川に突き落とされる。自殺を試みた者は失敗し、血を撒き散らしながら痛みに悶えていた。対岸まで泳ごうと鎧を脱いだ兵士が、運悪く銃に撃ち抜かれた。そして、川へ飛び込んだ兵士は、たどり着けず力なく流されていった。

「それで、目的は完了ですね？　早くいきましょう」

アデーレは、どっと疲れていた。そして何より、これ以上この男の隣にいて、正気を保っている自信がなかった。

「うーん、任務はクリアしたけど、目的はどうだろうね」

「と、言いますと」

テオ・フォン・ボルクは、聖導統直下の傭兵である。だが彼は、信仰や忠誠とは全く無縁の人物であった。

「毒蜘蛛は皇帝の喉元まで届くかもしれない。けどそれを外野から策士ぶってコントロールしようとしてる皇都の連中は凡人だ。そのうち痛い目を見る……といいなぁ」

馬に乗り、戦場から撤退を始めた二人……アデーレは、せめて行軍中くらいは自分から離れてくれないだろうかと、本気で嫌気のさした目で彼を見た。

「……あまりに過ぎた発言だと思いますが」

「ボクは皇都の腐った老害や勝ち組転生者の番犬兼被検体なんだよ？　忠誠心とかナイナイ」

アデーレは、この言葉を父や兄が聞いたらどうなるだろうかと思い浮かべた。きっと卒倒するだろうなと思った。

「……最後に、聞いてもよろしいですか」

「最後じゃないよ、もうしばらく逃がさないから。なにー？」

アデーレは思わずため息をつき、そして気になっていたことを尋ねた。

「なぜこれほど、私に機密を流すのですか。何が目的ですか」

「ん？　だって、君が情報を漏らしたら、ボクは君のことを殺害することができる……そういう契約でしょ」

何を当たり前のことを言うんだと言いたげな男に、嫌な予感がしたアデーレは尋ねる。

「それは脅しですか、それともまさか、そうなることを願っているのですか」

するとテオ・フォン・ボルクは、まるで愛の告白をするかのように、まっすぐに彼女の目を見つめた。あまりに澄んだ目だった。

「あのね、一目ぼれだったんだ。君のことを初めて見た時、すごくきれいで、殺してみたいって思ったんだ。けど、理由がない殺人は、ダメだろう？　だから君と契約したんだ。君が情報を漏らせば、ボクは君を殺せる。それまでボクは君とお話することができる。ボクにメリットしかない、最高の契約だろう？」

アデーレは、つい先ほど目の前の男が言った言葉を思い出した。

――ボクはね、モルモットなんだ。これの副作用とかデメリットとか、まったく分からないけど、強力だからって使わされてる。

彼女には、この男が元から狂っていたのか、それとも古代文明の遺物の副作用で狂ったのかは分からなかった。彼女はただ、神に祈った。どうかこの狂人から、一日でも早く自分が解放されますようにと。

あとがき

この度は『転生したら皇帝でした　～生まれながらの皇帝はこの先生き残れるか～』五巻を御手に取っていただき、誠にありがとうございます。魔石の硬さです。

五巻の内容は「内戦」から「諸外国との戦争」となるまでの過渡期になっています。これまでの帝国は貴族たちが国政そっちのけで政争に明け暮れ、宰相と式部卿らは自身の領地を半独立国のような状態にしていました。ところが主人公が『血浴の即位式』や『シュラン丘陵の戦い』で帝国の国力をほぼ元の状態に戻してしまいます。

これに焦ったのが周辺国です。帝国が「分裂して弱い瀕死の病人」だったから安心していた周辺国は、帝国が皇帝カーマインのもと「強力な大国」に戻ることを予感し、そうなる前にと一斉に動き出す……というのが五巻のラストになります。相変わらず問題が山積みです。

また、五巻では転生者についても色々と出てきましたが、これはだいたいが設定で迷走した産物です。主人公の知識に制限をつけなければ大陸くらい蹂躙してしまいそうですし、転生者が主人公だけだとやっぱり難易度が下がりそうだなと思ったので、主人公が苦しむような設定にしました。

その結果苦しんでいるのは作者である私です。

さて、六巻では本格的に諸外国との戦争へと移っていきます。いきなり複数の周辺国と開戦することになるわけで、ちゃんと国家存亡の危機です。まだ反乱やアキカールなど、国内問題が片付いていない状態での「対帝国包囲網」に、カーマインはどう対応していくのか……そんなお話になると思います。

新婚生活？　……戦争が落ち着いたらあるかもしれません。落ち着けばの話ですが。

最後になりますが、イラストを担当してくださっている柴乃櫂人様、いつもありがとうございます。お忙しい中、これほど素晴らしいイラストを描いていただけて本当に幸せです。

そしてTOブックスの皆様、今回もたくさんご迷惑をおかけしましたが、何とか五巻も出すことができました。皆様のお陰です。また、小説版の書籍化のみならず、コミカライズやグッズ化など、本当にありがとうございます。

そして何より、この本を御手に取ってくださった皆様に心からの感謝を。皆様のおかげでもう少し、このお話は続きそうです。

それではまた次の巻でお会いできることを願って。

二〇二三年五月　魔石の硬さ

コミカライズ
第四話
試し読み

漫画：櫛灘ゐるゑ
原作：魔石の硬さ
キャラクター原案：柴乃櫂人

ビリビリ
ビリビリ
ギィン
俺の名は
カーマイン―

こんな
どこかわからん
辺境の地で
魔物たち相手に
大立ち回りする
しか能のない
冒険者だ
だが
ググ
こういう奴らを
放っておけば
人類が滅んでしまう
オオオオ
オオオオオ

ここで俺が食い止めるしかねーよな！
!?

ダッ
ドン

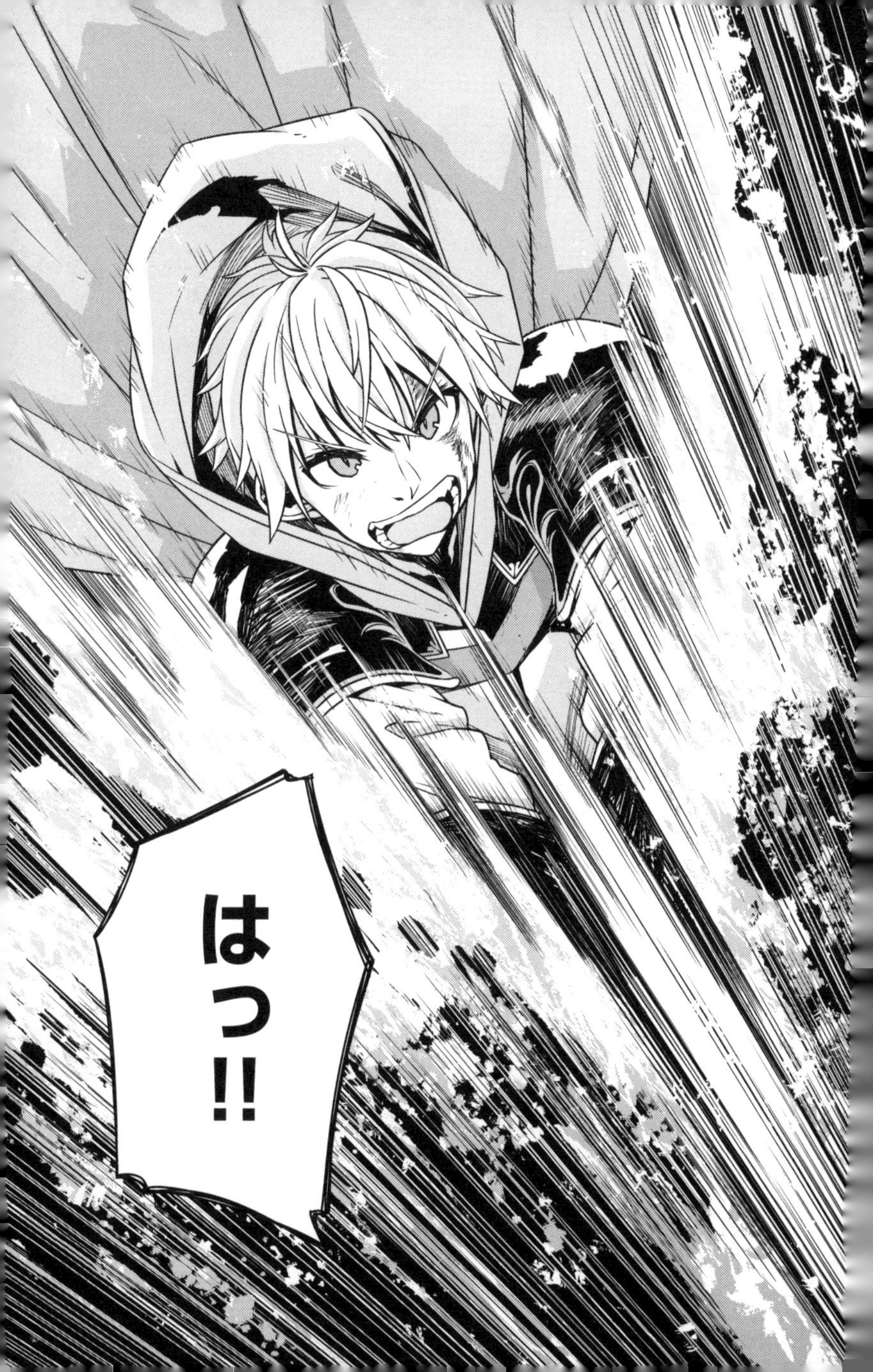
はっ!!

これで終わりだあぁぁぁ!!

パチ
チュンチュン
ボ〜

ワカッテマシター
ユメオチダッテー
ヨヨヨ…

Episode4.皇帝魔法習得

どうも この国 ブングダルト帝国の 皇帝として転生した
カーマインです 皇帝やってる 3歳児です
傀儡ダケドネ
この身分じゃ 冒険とか 叶わぬ夢すぎるわ…

今日もがんばって
魔法の練習しよう…
偶然使えた
魔法だが欠かさず
練習していた
甲斐あってか
今では使える
魔法は日に日に
増えていってる
かなり上手く
使えるように
なった自信はあるが
ドヤ!!
これは
転生による
アドバンテージ
なんだろうか?

自分が自由に
体を動かせるように
なっていく感覚と
魔力を自由に
操れるようになる
感覚ってかなり
似てるんだよな〜
なんかゲームの
実績解除みたいで
楽しい
覚えた魔法の中でも
今後重点的に
修練したいのは
このふたつだ
ひとつ目は
空気中の魔力を
直接操って物を
動かしたりする魔法
俺はこの魔法に
【魔力操作】って
名前を付けた
魔力操作
ビビビ
ザ・超能力!!って
感じがして
恰好いいんだよな
これ

まだ葉っぱ1枚とか小石1個とか
小さく軽いものしか操れないが
元からその場にある物質を操るより
魔法で生み出した氷や
魔力で土を固めた礫を操るほうが
圧倒的に簡単だってこともわかった
魔力に起因するファクターが【魔力操作】に向いてるってことだろうな
こっちはある程度体積と質量があっても操れる
パキパキ
今は使い道ないけど…
んー

いつかファン○ル！
とかできるように
なったらいいなぁ

ホント
使い道なさそう
だけどね…

ふたつ目は【熱を操る魔法】
冷えろ～
元々は物を凍らせたくて試していたら
使えるようになった魔法だ
【凍らせる魔法】は単純に「凍らせるイメージ」だけで使えるはずだが
「熱エネルギー」の概念を知っているせいか「熱の行き先」までしっかりイメージしないと使えなかった
【氷を生み出す魔法】は簡単なんだけどなぁ
だがこの【凍らせる魔法】を練習する過程で
「熱」をある程度操ることが可能になったのも事実
なんでも挑戦してみるもんだな

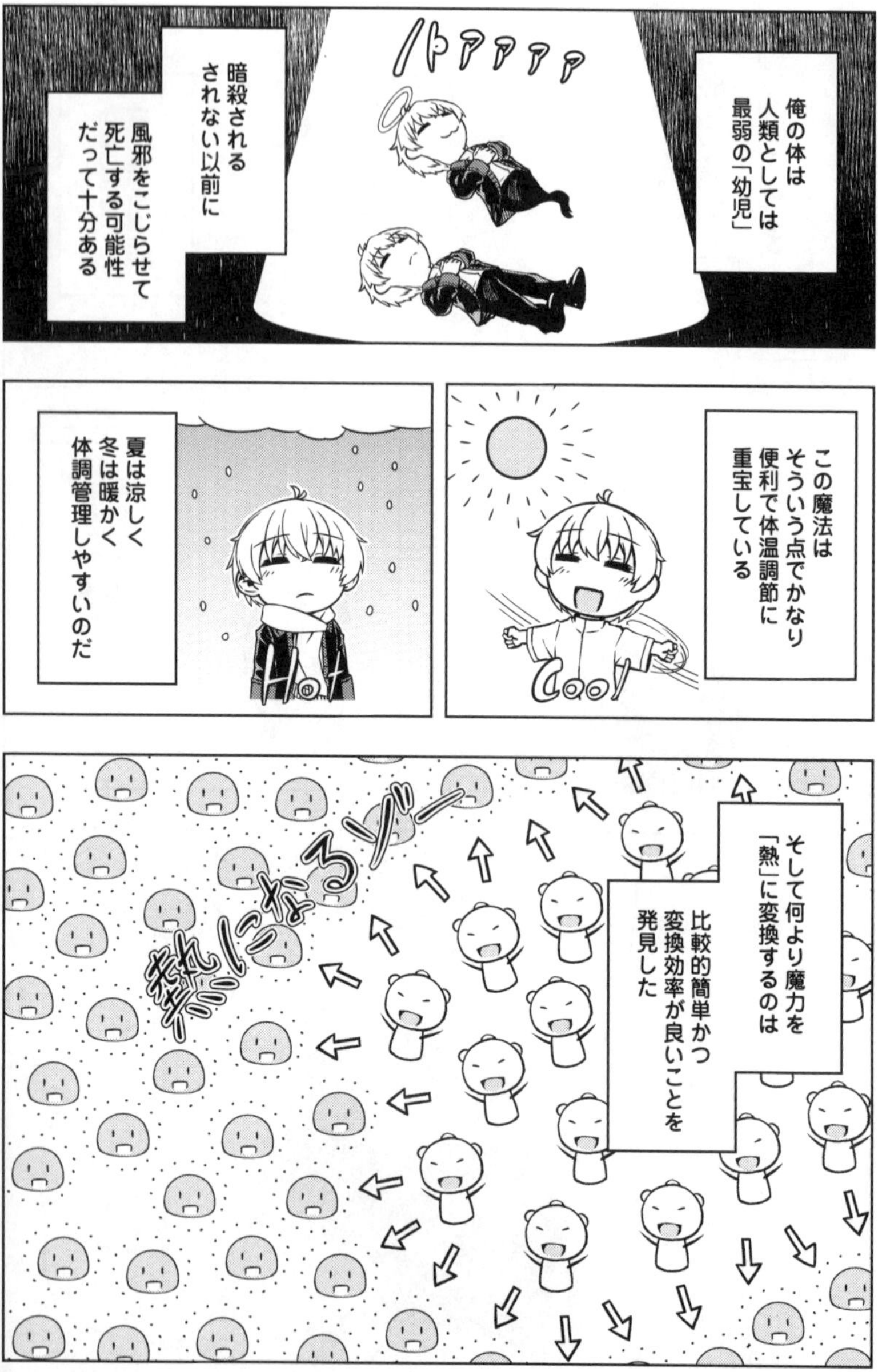
俺の体は人類としては最弱の「幼児」
ハァァァァァ
暗殺されるされない以前に風邪をこじらせて死亡する可能性だって十分ある
この魔法はそういう点でかなり便利で体温調節に重宝している
Cool
夏は涼しく冬は暖かく体調管理しやすいのだ
Hot
そして何より魔力を「熱」に変換するのは
比較的簡単かつ変換効率が良いことを発見した
熱になるゾー

簡単に言うと魔法で炎を作るより
魔力を「熱エネルギー」に変換するほうが
魔力
魔力
炎だぞ～
熱ダゾ～
少ない魔力で大きなエネルギーを得られるってことだ
つまりどういうことかというと
キョロ
キョロ

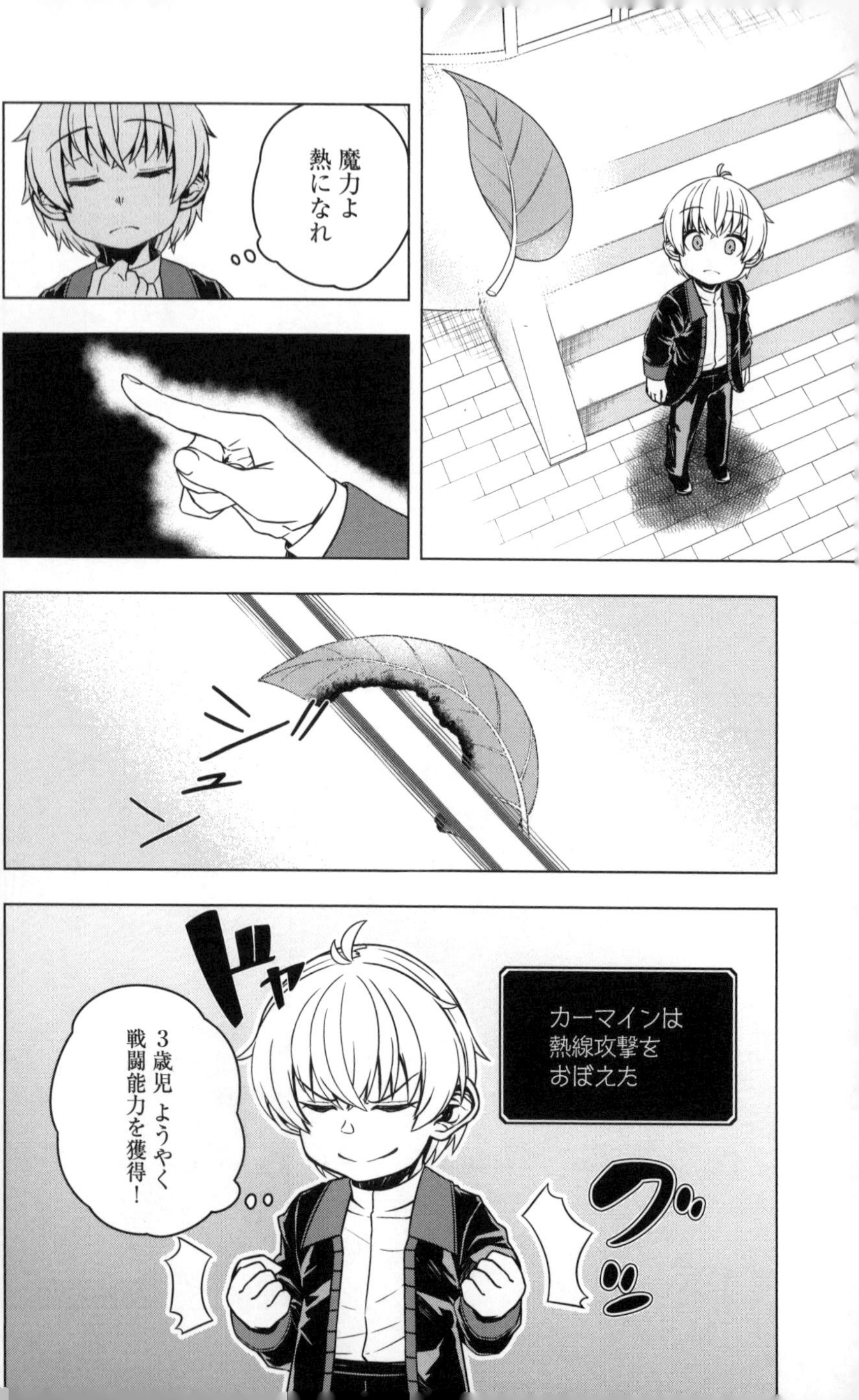
魔力よ 熱になれ
ジュン
ドヤ
3歳児 ようやく 戦闘能力を獲得!
カーマインは
熱線攻撃を
おぼえた
グッ

だがこの攻撃方法は対象に「照射」し続ける必要があるため即効性に乏しい面もある
効かぬ‥!!!
ハワワ…
ピ〜
多勢に無勢になった時は詰むなー
対策を考えとかないとな…
それから体内にある魔力も上手く扱えるようになってきた
魔法の発動に『呼び水』として使っていた体内魔力だが

魔法を発動させることなく
魔力だけを体内でぐるぐると回すこともできるようになった
グルグル
この行為は魔力をコントロールする練習にちょうどいい
気のせいか空気中の魔力濃度より
体内の魔力濃度のほうが高い気がするんだよな
数値で見れないからわからんケド
ただー
この体内魔力を動かす練習

なぜか屋内でも
できるんだよな…
さてと…
ス…

くかー
…メイドって
激務なのかな？
警備上は大問題だが
俺としては
大変ありがたい
ZZZ
今日も研究に
励むとしよう
シャッ

日々
暗殺に怯える
身の俺は
身の回りや
魔法のことを
生存戦略のため
分身の術？
光学迷彩？
う～ん
う～ん
バレないように
情報収集したくて
幻影とか透明化の魔法も
必死こいて挑戦している
が
トホホ
まったく
成功しません
でした
この世界の魔法は
イメージが上手く
いけば発動することは
わかっている
火や氷を
生み出す魔法は
「火」や「氷」を明確に
イメージできた

けど透明や幻影のイメージって何？
どうしたら透明になんの？どうしたら幻影ができるの？
ぐぬぬ
知りたいことすぐ調べられる前世って幸せー!!
スカー
ともかく今までにわかっていることをまとめるとこんな感じだ
カーマイン的魔法ルール
1．魔法発動は自然現象に左右される（気温 湿度 etc）
2．魔法発動にはイメージが大事
3．イメージできないものは魔法として発動できない
4．魔力濃度は大気中より体内のほうが高い？
5．体内魔力は屋内でも操作可能
6．おしめ魔道具は屋内でも動作している

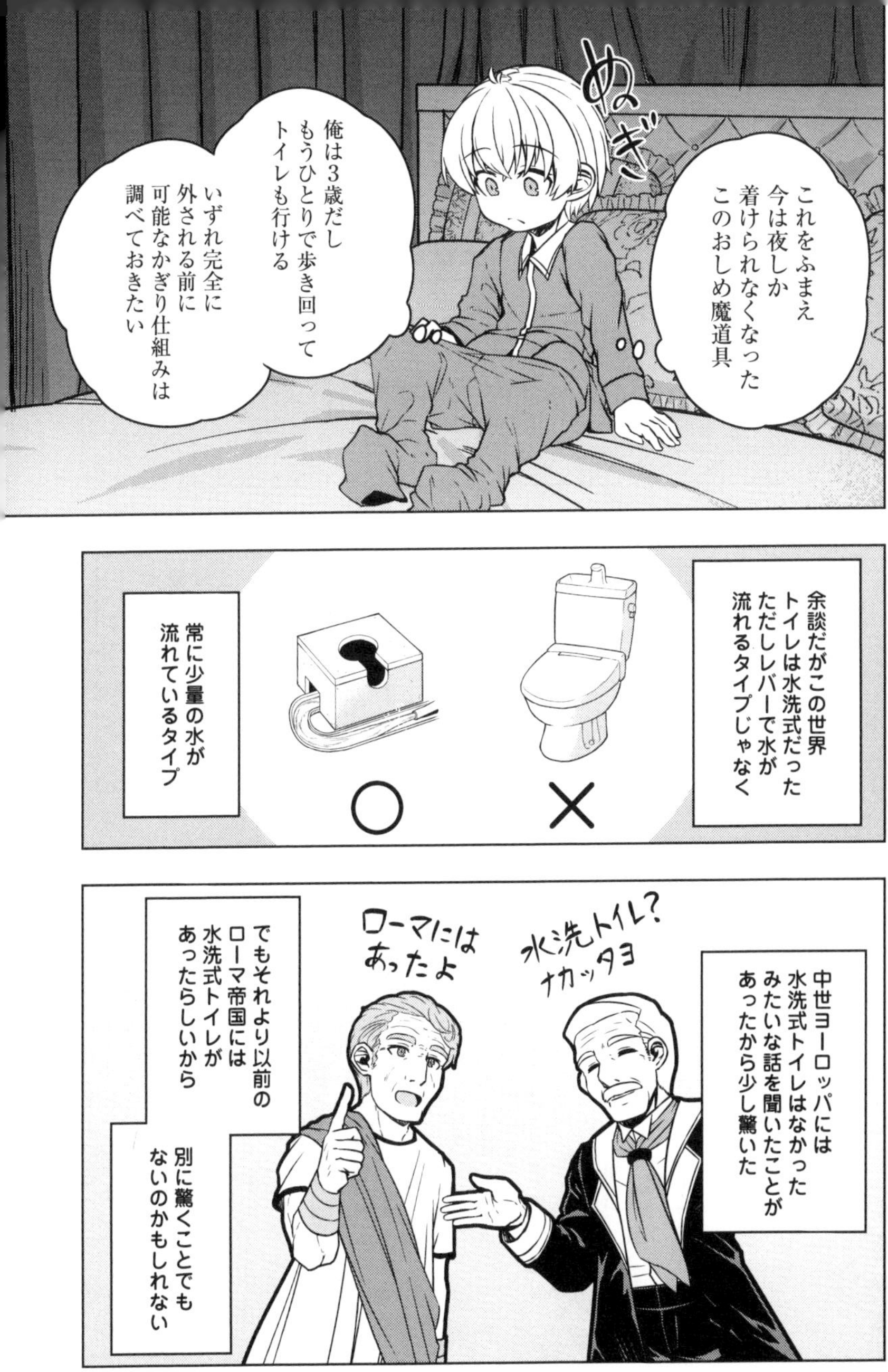
ぬぎ
これをふまえ今は夜しか着けられなくなったこのおしめ魔道具
俺は3歳だしもうひとりで歩き回ってトイレも行ける
いずれ完全に外される前に可能なかぎり仕組みは調べておきたい
余談だがこの世界トイレは水洗式だったただしレバーで水が流れるタイプじゃなく
常に少量の水が流れているタイプ
○
×
中世ヨーロッパには水洗式トイレはなかったみたいな話を聞いたことがあったから少し驚いた
水洗トイレ?ナカッタヨ
ローマにはあったよ
でもそれより以前のローマ帝国には水洗式トイレがあったらしいから
別に驚くことでもないのかもしれない

カチャ
カチャ
以前の観察から
この先端部に
何らかの魔法が
仕込まれてることは
なんとなく解ってる
その魔法が先端部の
機械的な仕組みで
発動してるのか
魔法陣のような
刻印がされていて
発動するのかは
さっぱりわからんが
恐らく
内部構造は
こうなっている
魔力
魔法
もっと
明るければなー
中がどうなってんのか
見られるのに
まぁでも
知識ゼロの俺が
見ても何も
わからんか…

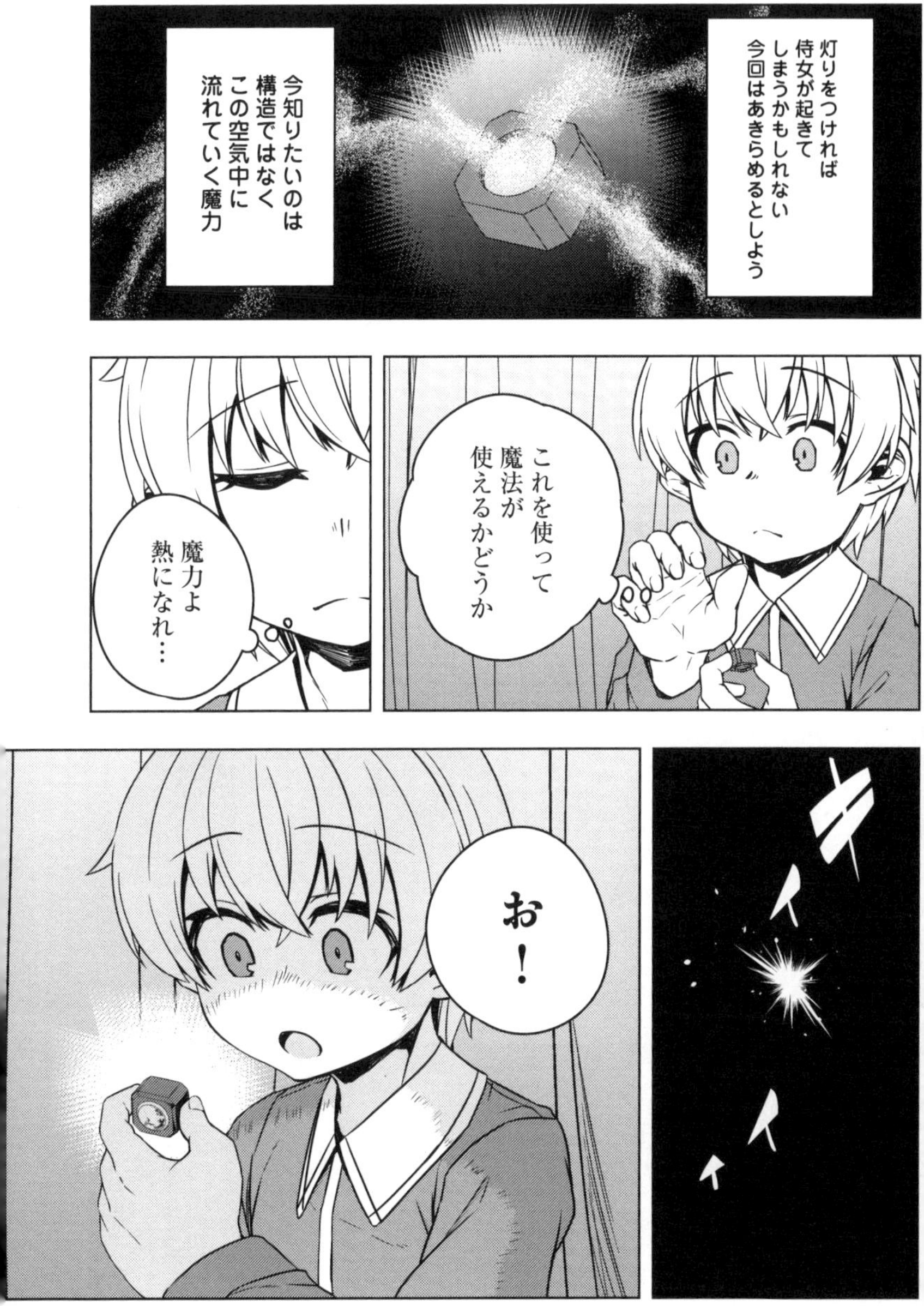
灯りをつければ侍女が起きてしまうかもしれない今回はあきらめるとしよう
今知りたいのは構造ではなくこの空気中に流れていく魔力
これを使って魔法が使えるかどうか
魔力よ熱になれ…
キィィィ
お!

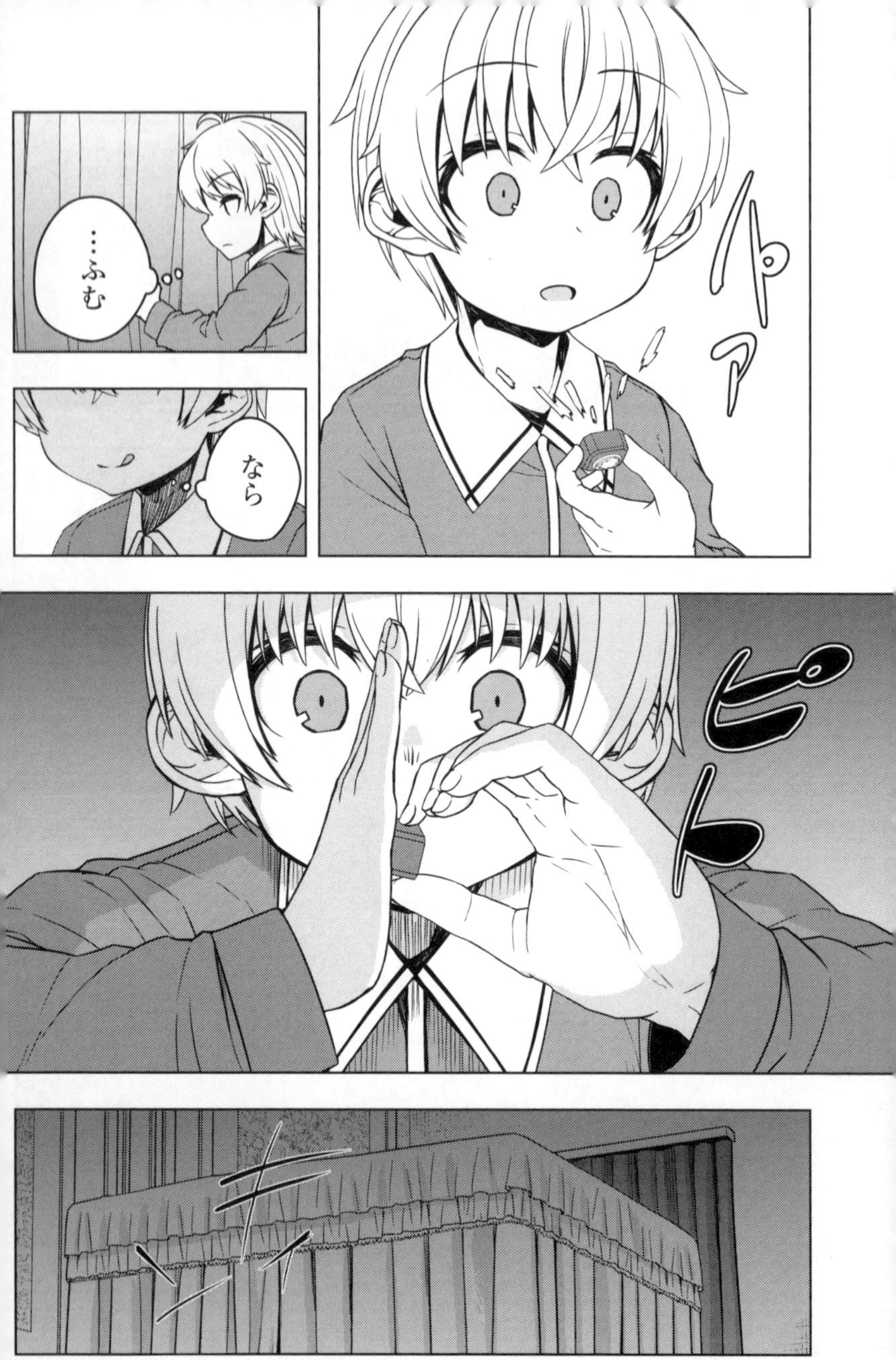
パァ
…ふむ
なら
ピト
キィン

ほんのり暖かい…
ちゃんと
魔法発動したぞ！
なるほど…
これまで何らかの
対魔法結界か
魔道具かによって
屋内で
魔法発動は
できなかったが
具体的な効果が
わかったぞ
この部屋…

空気中の魔力が

カチコチ
固定されてる

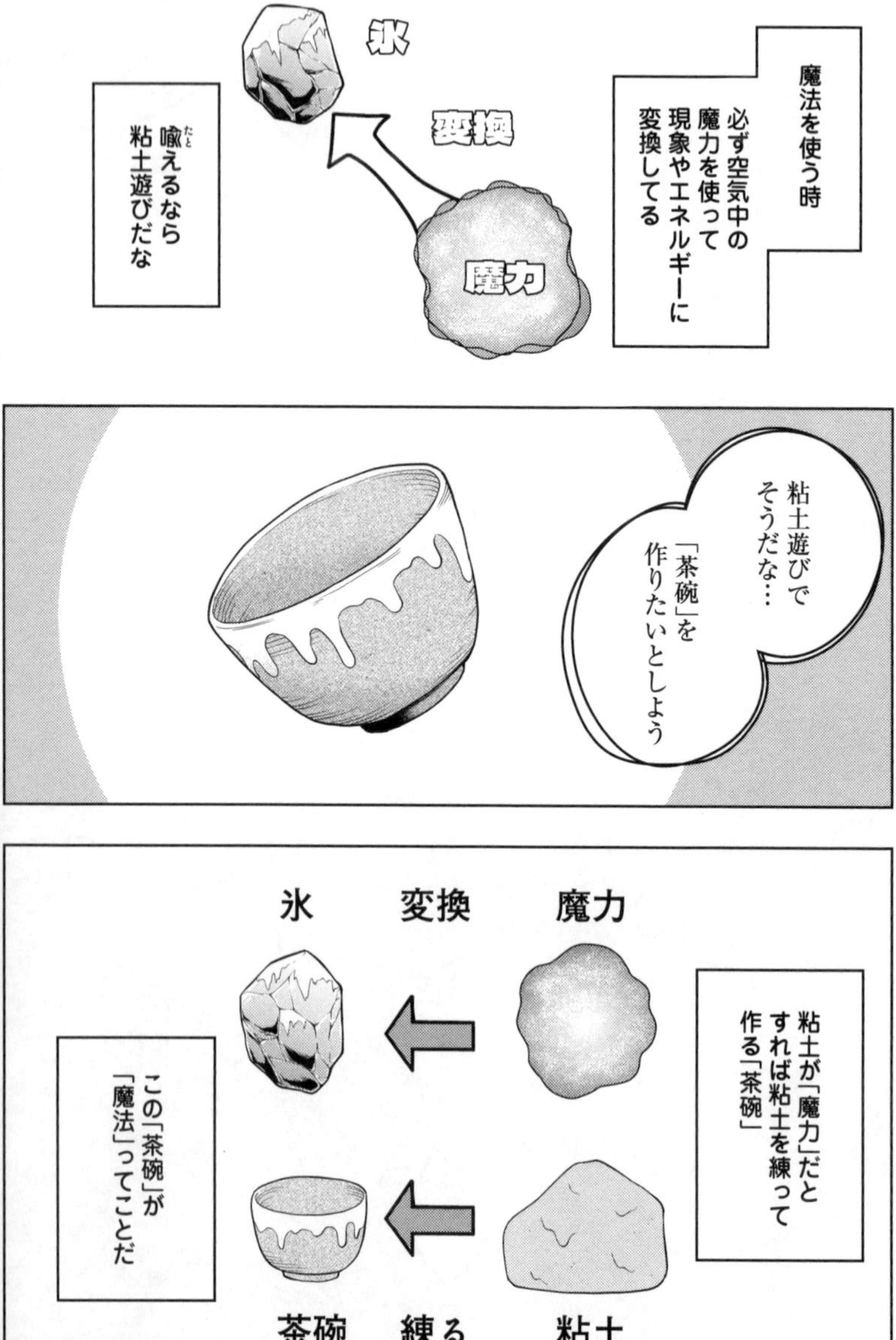
魔法を使う時
必ず空気中の魔力を使って現象やエネルギーに変換してる
魔力
変換
氷
喩《たと》えるなら粘土遊びだな
粘土遊びでそうだな…
「茶碗」を作りたいとしよう
粘土が「魔力」だとすれば粘土を練って作る「茶碗」
魔力
変換
氷
粘土
練る
茶碗
この「茶碗」が「魔法」ってことだ

この粘土が乾燥して固まってしまえば練ることができず
何も作ることができなくなってしまう
カチヨチ
動ケナーイ
魔法ニナレナーイ
空気中の魔力を固めてしまえば「練る」こともできないから魔法も発動しないってわけか
体内の魔力を動かせるのも魔道具が使えるのも
空気中の魔力と触れてないからってことか…
これは大きな前進かもしれないぞ

空気中の魔力に触れなければ魔法発動自体は可能
発動した魔法を無効化する施術はこの部屋には施されていない
この2点に気付けたのは大きな前進だ
ただ発動した魔法を「動かす」や「飛ばす」のに空気中の魔力に触れてしまうため
パキパキ
ポトッ
今みたいな魔法の発動のさせ方だとほぼ使う場面はなさそうだ

いや待てよ？
魔道具内の空気中に漏れ出す魔力
あれを使って魔法発動した時は一瞬だけ反応があった
ってことは空気中の魔力を固定化するまで猶予があるってことだ
なら魔力を体外に放出して
一瞬で魔法に変換すれば屋内でも魔法が使えるんじゃないか？
もしもこの部屋に暗殺者が来た場合

カーマインフラーッシュ!!
うぉっ!! まぶしっ!!
とかできるんじゃないか?
また生き残る手段が増えるかもしれないしな
ここまできたら試してみるしかないな

いそいそ
ズズズ
……
ここまでは簡単だ…
問題はこれをどうやって体外に出すか

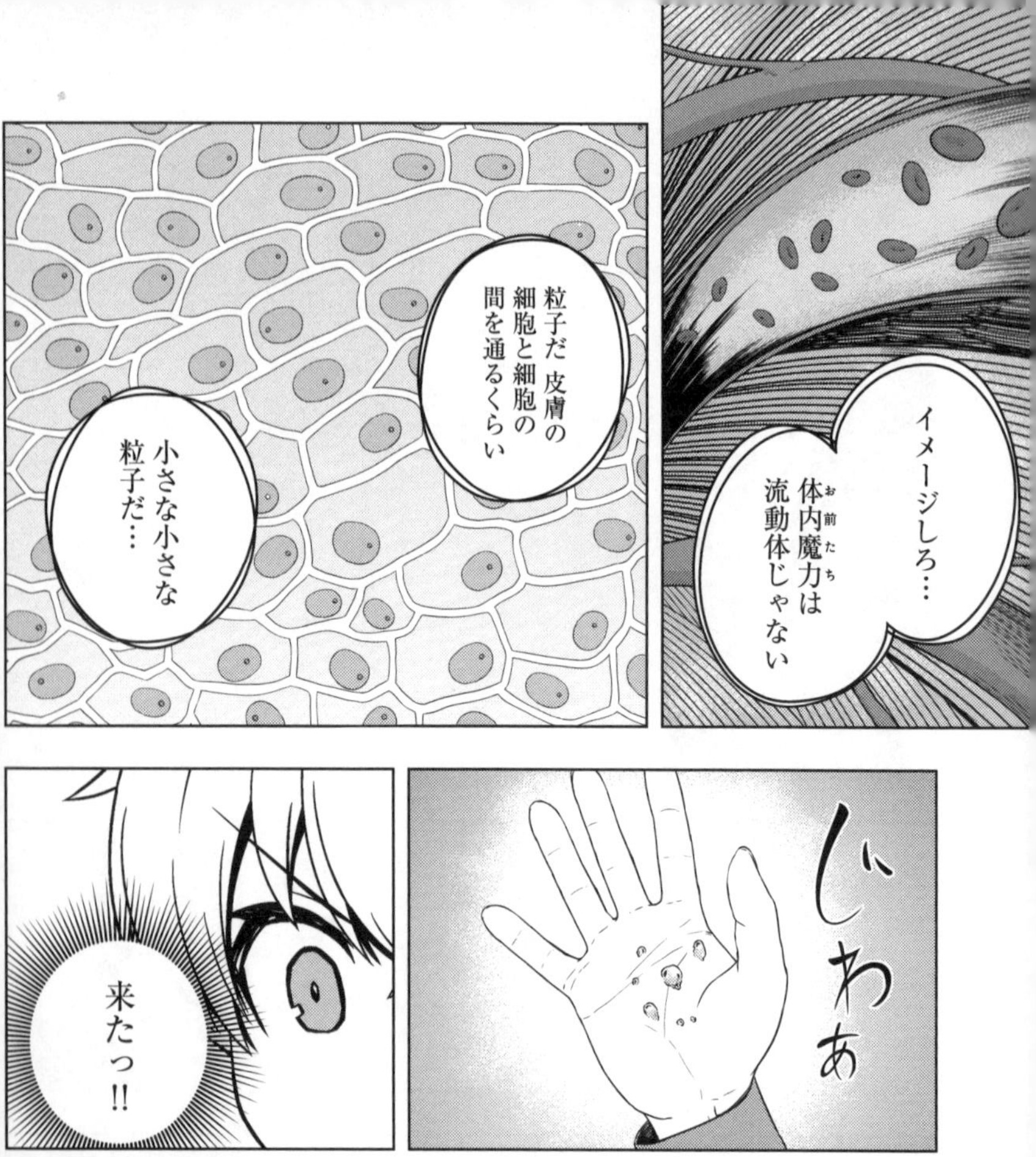
イメージしろ…
体内魔力《お前たち》は流動体じゃない
粒子だ 皮膚の細胞と細胞の間を通るくらい
小さな小さな粒子だ…
じわぁ
来たっ!!
熱エネルギーになれ!!
キィン

ウァァ
やった成功だ!!

やっぱり体内魔力のほうが高濃度なのか!?
手のひらが焼けるほど熱いぞ!!
ズキ
っ!?
ぐらあ

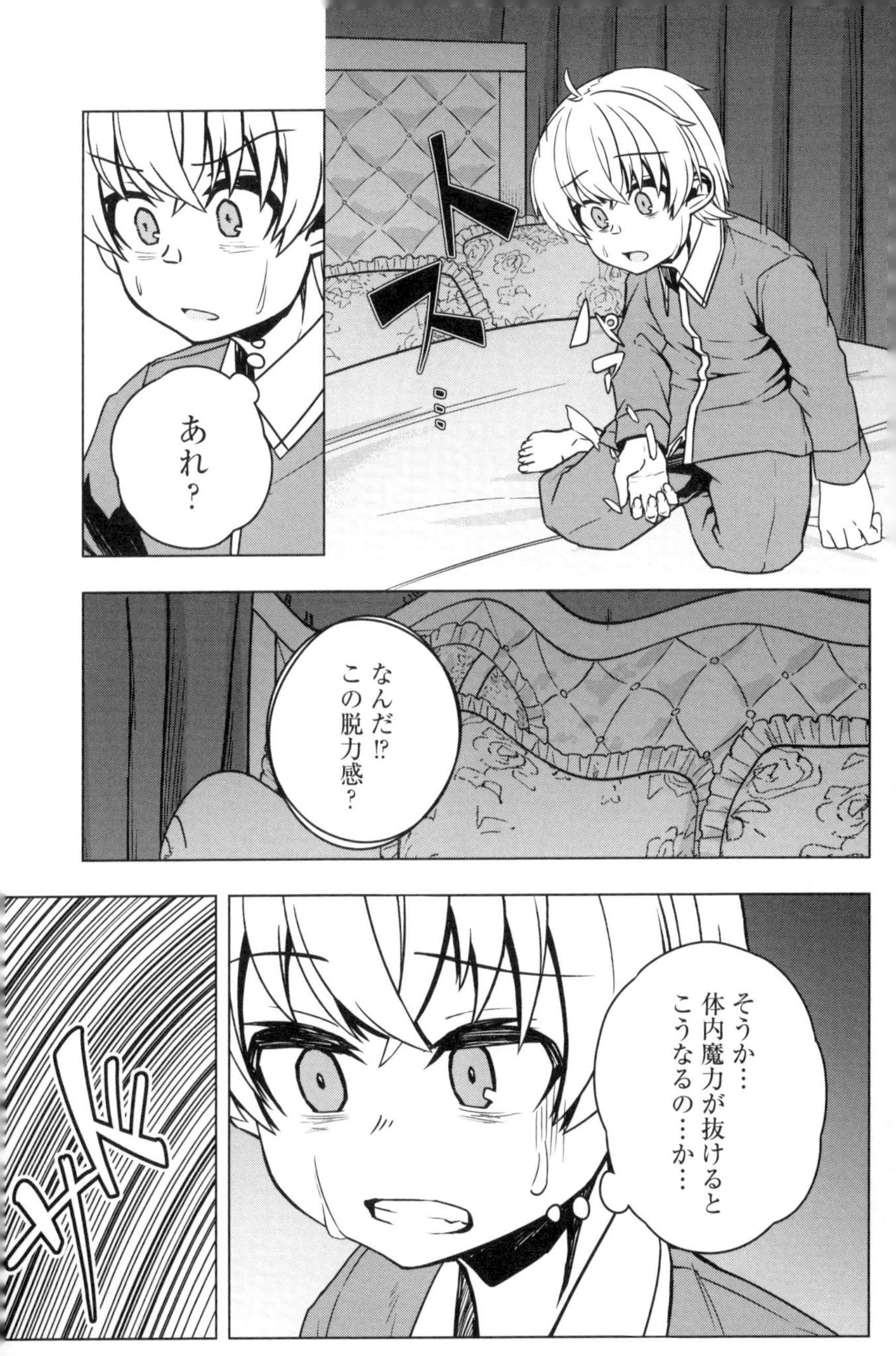
トス…
あれ？
なんだ!?
この脱力感？
そうか…
体内魔力が抜けると
こうなるの…か…

ガク
体内魔力が底を突くと気絶する
カーマインは大きな学びを得た

転生したら皇帝でした5
～生まれながらの皇帝はこの先生き残れるか～

2023年8月1日　第1刷発行

著　者　魔石の硬さ

発行者　本田武市

発行所　TOブックス
〒150-0002
東京都渋谷区渋谷三丁目1番1号　PMO渋谷Ⅱ　11階
TEL 0120-933-772（営業フリーダイヤル）
FAX 050-3156-0508

印刷・製本　中央精版印刷株式会社

ISBN978-4-86699-888-6